AtV

Mark David Hatwood, Jahrgang 1961, ist Musiker und Sänger. Er hat für viele Größen der Branche gearbeitet und auch selbst Songs komponiert und arrangiert. Er lebt mit seiner Frau in Cornwall und Berlin.

Marcello, der Sohn eines Fischers, träumt von Elena, dem schönsten Mädchen des Dorfes. Doch er weiß, daß er sich keine Hoffnung auf ein Rendezvous machen darf, denn Armond, der Sohn des reichsten Mannes im Ort, hat bereits ein Auge auf Elena geworfen. Eine winzige Chance jedoch glaubt Marcello zu haben: In seinem Dorf gibt es die Tradition, daß ein Junge ein Mädchen an ihrem sechzehnten Geburtstag ausführen darf – falls er der Familie ein Geschenk überreicht, das der Vater akzeptiert. Als Marcello beim ersten Dämmerlicht den Hahn des Metzgers hört, der jeden Morgen Elenas Familie aus dem Schlaf reißt, hat er eine Idee, die das ganze Dorf in Turbulenzen stürzen wird.

»Diese bezaubernde Geschichte führt direkt ans Meer, in ein Fischerdorf, in dem ein Traum wachsen kann. Dem Rockmusiker Mark Hatwood gelingt ein wärmender Roman über den Weg des Herzens.« *Thüringer Allgemeine*

Mark David Hatwood

Marcello und der Lauf der Liebe

Roman

Aus dem Englischen von René Blum

Aufbau Taschenbuch Verlag

Titel des Originals
Marcello's Date

ISBN-10: 3-7466-2198-4
ISBN-13: 978-3-7466-2198-2

1. Auflage 2006
Aufbau Taschenbuch Verlag GmbH, Berlin

Dieses Werk wurde vermittelt durch die Literarische Agentur
Thomas Schlück GmbH, 30827 Garbsen
Umschlaggestaltung Preuße&Hülpüsch Grafik Design
unter Verwendung eines Fotos von mauritius images
Druck und Binden C. H. Beck, Nördlingen
Printed in Germany

www.aufbau-taschenbuch.de

Für meine wunderbaren Patenkinder und ihre Geschwister:

Timothy, Louis, James, Amy, Francesca, Charlotte, Ella,
Anabella, Thomasina und meine Nichte Paula

Ihr werdet alle wahrhaft geliebt

»Ihr seid gelehrt worden, in Angst und Furcht zu leben. Man hat euch gesagt, daß nur die Fittesten überleben, die Stärksten siegen, die Schlauesten Erfolg haben. Sehr wenig wird zum Lobpreis jener gesagt, die am liebevollsten sind. Und so strebt ihr – auf die eine oder andere Weise – danach, die Fittesten, die Stärksten, die Schlauesten zu sein, und wenn ihr dann bemerkt, daß ihr in irgendeiner Situation weniger seid als das, habt ihr Angst vor Verlust, denn man hat euch gesagt, daß weniger sein verlieren bedeutet.

Und natürlich entschließt ihr euch dann zu der Handlung, die euch die Angst eingibt, denn das wurde euch beigebracht. Doch ich lehre euch dies: Wenn ihr euch für die Handlung entscheidet, die euch die Liebe eingibt, werdet ihr mehr als nur überleben, als nur gewinnen, als nur Erfolg haben. Dann werdet ihr in ganzer Herrlichkeit erfahren, wer-ihr-wirklich-seid und wer ihr sein könnt.«

Neale Donald Walsch *Gespräche mit Gott*, Band 1

Liebe Elena,

Dein Großvater und ich werden an diesem wichtigen Tag nicht bei Dir sein können. Für Nonno Vittorio wäre die Reise zu beschwerlich. Dennoch sollst Du wissen, daß wir an Deinem sechzehnten Geburtstag in unseren Herzen mit Dir feiern. Wir wünschen Dir all das Glück, das wir selbst haben erleben dürfen.

Ich weiß, daß Dein Vater nichts davon wissen will, daß die Zeiten sich ändern. So wird er sicher auch auf der alten Dorftradition bestehen, Dir an diesem Tag jenen jungen Mann für das erste Rendezvous auszusuchen, der mit dem beeindruckendsten Geschenk um Dich wirbt. Mag Dein Vater auch glauben, er könne über Dein Glück bestimmen: Folge immer nur Deinem Herzen.

Du und ich, wir sind uns sehr ähnlich. Daher vertraue ich ganz fest darauf, daß Du für Deine Zukunft immer die richtige Entscheidung treffen wirst. Du mußt nur Dir selbst treu bleiben.

In Liebe *Deine Nonna*

Die Fehde

Kaum war die Sonne am Rand des Horizonts aufgetaucht, das erste Versprechen eines neuen, wunderschönen Sommertags über Camogli, da begann ein Hahn so lauthals zu krähen, als gönne er dem idyllischen Küstendorf seine Verschlafenheit nicht.

Hinter dem offenen Fenster im obersten Stockwerk des großen, lehmroten Hauses, das an der höchsten Stelle über dem Dorf thronte, regte sich die rundliche Gestalt von Signor Gamboccini. Ärgerlich warf er seine Decke von sich, sprang auf, hielt die rutschende Unterhose fest und stolperte fluchend zum Fenster.

»Jeden Morgen dasselbe, jeden vermaledeiten Morgen. Soll das denn ewig so weitergehen? ... Dieser verflixte Vogel!«

Er stieß die Fensterflügel noch weiter auf und reckte sich so weit hinaus, wie es ihm bei seiner untersetzten Statur möglich war. Der atemberaubende Blick über das Meer und die malerische, noch völlig verwaiste Hauptstraße des Dorfes unter ihm waren an ihn verschwendet. Finster starrte er hinüber zu dem grob zusammengezimmerten Käfig im Garten der Bellinis, aus dem es unverdrossen weiterkrähte, und schrie gegen das verhaßte Gezeter an:

»Bellini ... Bellini! Dieser gottverdammte Vogel ... Jeden Tag reißt er mich aus dem Schlaf! Bellini!«

Erbost schüttelte er die Faust in Richtung der halb geöffneten Schlagläden des Hauses weiter unten am Hang, hinter denen das Schlafzimmer seines ungeliebten Nachbarn lag. In ihrem großen Messingbett hob Signora Gamboccini, vom Schlaf noch benommen und mit wirren Haaren, widerwillig den Kopf und blickte entnervt auf das allmorgendliche Schauspiel. Hinter dem Rücken ihres immer wilder gestikulierenden Mannes machte sie eine abfällige Geste, um schließlich aufseufzend wieder auf das Kopfkissen zu sinken.

»Was, zum Teufel, denkt sich eigentlich dieses dämliche Vieh?« schimpfte Signor Gamboccini und wandte sich hilfesuchend zu seiner Frau um. Bevor sie etwas sagen konnte, ertönte ein neuer Hahnenschrei, noch durchdringender als die bisherigen. »Bellini! Bellini!!« Signora Gamboccini zog sich das Kissen über den Kopf.

Im Nachbarhaus lag die imposante Gestalt von Signor Bellini in tiefem, gleichmäßigem Schlaf. Sein Mund stand weit offen, seine enorme Brust war eingezwängt in das nicht ganz saubere gerippte Unterhemd, ohne das man den Fleischer von Camogli noch niemals gesehen hatte. Überall quollen schwarze, drahtige Haare hervor, und sein massiger Körper hob und senkte sich im Takt zufriedenen Schnarchens. Ein Morgen wie jeder andere in dem schläfrigen kleinen Dorf, in das nicht einmal der Krieg, der nun endlich vorbei war, große Veränderungen gebracht hatte.

Marcello

Die enge, felsige Bucht, die den Fischern von Camogli als Hafen diente, war fast leer. Vielleicht ein halbes Dutzend Boote, die schon bessere Zeiten gesehen hatten, lag hier vertäut. Das kleinste von ihnen hatte etwas abseits geankert, auf seinem himmelblauen Anstrich spiegelte sich das Spiel der Wellen. Ein schlaksiger, braungebrannter Junge in ausgebleichten grauen Shorts und einem weißen Hemd, das ihm hinten aus der Hose gerutscht war, holte ein schweres Tau ein. Das Salzwasser lief ihm dabei die sehnigen Arme hinunter, und von seinen Ellbogen ergoß sich ein stetiges Rinnsal auf die ausgetretenen Turnschuhe und die heruntergerollten Socken. Seine auffallend großen, braunen Augen sahen von alledem nichts. Geistesabwesend folgten sie einem Möwenpärchen, das sich vom Wind über den wolkenlosen Himmel tragen ließ. Ab und zu strich der Junge sich mit einer nassen Hand die widerspenstigen schwarzen Locken aus dem Gesicht, und unaufhörlich murmelte er mit halbgeöffnetem Mund Verse, die er nach dem zu improvisieren schien, was er sah.

»Eure Anmut im Tanz mit dem Wind, unvermutet, voll Glanz und geschwind …«

Am Heck tauchte der Kopf seines Vaters aus der Maschinenluke auf. Sein Haar war noch fast so dicht wie das seines Sohnes und genauso dunkel. Der Dreitagebart mit den wenigen grauen Stellen hatte dem muskulösen Mann in dem ölverschmierten Overall manch verstohlenen Blick der Frauen eingetragen, die am liebsten bei ihm ihren *polpo* und ihre *orata* kauften. Doch darum scherte sich Francesco Romero, der beste Fischer des Dorfes, keinen Deut. Mit einem schmutzigen Lappen wischte er sich die Hände und betrachtete mit sorgenvollem Blick seinen Sohn. Dann hangelte er sich über das enge Deck nach vorn.

»He, Bello, was ist los mit dir?«

So nannte er ihn nur, wenn ihm etwas ernsten Kummer machte, das wußte Marcello. Augenblicklich war er zurück in der Wirklichkeit, und peinlich wurde ihm bewußt, was er in den Augen seines Vaters für ein Bild abgeben mußte.

»*Scusa,* Papa!«

Francesco Romero packte seinen Sohn an den Schultern und schüttelte ihn leicht.

»Glaubst du vielleicht, du kannst die Fische mit deinen Gedichten so bezaubern, daß sie in unsere Netze springen? Komm zu dir, Junge.« Er ließ Marcello los, schnippte noch einmal mit den Fingern in seine Richtung und kehrte dann zurück in den Maschinenraum.

Der Junge wandte sich erneut seiner Arbeit zu und verfluchte sich selbst, weil er sich wieder einmal hatte ertappen lassen. Als er das letzte Stück Tau eingeholt hatte, schien hinter ihm die Maschine zu explodieren. Er fuhr herum und blickte in das skeptische Gesicht seines Vaters, der am Führerstand lehnte und voller Zweifel an dem Erfolg seiner Reparatur die dicke, dunkle Dieselwolke betrachtete, die aus der Maschinenluke quoll. Dann kam er wieder zu Marcello nach vorn.

»Cello, du bist ein guter Junge, du hilfst deinem Vater, wo du kannst«, sagte er liebevoll. »Aber du bist ein Träumer.« Er gab ihm einen Klaps auf das Haar. »Dein Kopf steckt den ganzen Tag in den Wolken oder in diesem Buch da.«

Er zeigte auf Marcellos Hosentasche, in der ein kleines, abgenutztes Notizbuch steckte und ein Stift – beides Dinge, ohne die Marcello keinen Schritt hätte tun mögen.

»Ich mache mir Sorgen, Cello. Was wird mit der Schule? Gedichte haben noch nie ihren Mann ernährt. Das sind alles nur Illusionen, und die ...«

Der Satz blieb unvollendet, und an dem traurigen Blick, den sein Vater auf den Bug des Bootes warf, erkannte Marcello, welcher Schmerz ihn übermannt hatte. Francesco Romero hatte seinen ersten eigenen Kutter nach seiner Frau benannt, nach Marcellos Mutter. Bis heute konnte er nicht verwinden, daß sie die beiden vor drei Jahren verlassen hatte, ohne sich noch einmal umzudrehen.

»Illusionen sterben irgendwann, Cello, glaub mir ...«, setzte er schließlich hinzu und versuchte sich nicht anmerken zu lassen, wie verletzt er immer noch war.

Dann wandte er sich brüsk um und warf den ölgetränkten Lappen, den er die ganze Zeit in den Händen geknetet hatte, aufs Deck. Er stapfte zurück zum Führerstand und rief seinem Sohn über die Schulter zu:

»Cello, hol den Anker ein. Ich muß arbeiten.«

Gehorsam kurbelte Marcello die schwere Ankerwinde, bis sein Vater das Boot manövrieren konnte, fort vom Liegeplatz und dicht an die Hafenmauer, die aus marmorgrauen, unbehauenen Felsen bestand. Mit natürlichem Geschick sprang Marcello vom Bug auf den Wellenbrecher, ohne noch nassere Füße zu bekommen, und wandte sich um. Er winkte aufmunternd hinter seinem Vater her und rief ihm nach: »*Ciao,* Papa! Und denk dran, nur die ganz dicken Fische!«

Marcello breitete weit die Arme aus, und ohne sich umzudrehen, erfüllte Romero seinen Teil ihres allmorgendlichen Rituals, indem er beide Arme hochreckte, als wolle er Marcellos Geste nachmachen.

»Nur die ganz dicken, Cello«, drang der Ruf seines Vater über das laute Tuckern des alten Dieselmotors, während sich das Boot immer mehr im glitzernden Blau des Meeres verlor.

Liebevoll blickte ihm Marcello noch eine Weile nach, um sich schließlich umzuwenden und hastig die Straße hochzulaufen. Kurz vor der Biegung zum Dorfplatz kam er an zwei freundlich aussehenden alten Jungfern vorbei, die trotz der morgendlichen Hitze zwei völlig identische, knöchellange schwarze Kleider trugen, deren einzigen Zierat die feine weiße Spitze an Ärmeln und Kragen darstellte: die Schwestern Calonne.

»Buon giorno, Rosetta! *Buon giorno,* Leonora!« rief er ihnen im Vorüberlaufen zu.

Lächelnd blickten sie ihm hinterher. *»Buon giorno,* Marcello! Immer langsam mit den jungen Pferden, gib dem Tag doch erst mal die Chance, dein Freund zu werden!« Leonora lachte in sich hinein, und beide schüttelten amüsiert den Kopf, genau im gleichen Takt.

»Dieser Junge ist immer in Eile. Da wird man ja schon schwindlig vom bloßen Zuschauen!« meinte Rosetta und sah Marcello um die Ecke verschwinden. Dann setzten beide kopfschüttelnd ihren Weg fort.

Endlich hatte Marcello das Haus der Gamboccinis erreicht. Er ließ sich auf seinen Lieblingsplatz fallen, einen abgewetzten Feldstein, der so glänzte, als sei er schon oft vom Boden seiner Hosen poliert worden. Kaum hatte er das Notizbuch hervorgeholt und begonnen, gedankenverloren an dem Radiergummi seines Bleistifts zu kauen, schien die Welt um ihn herum nicht mehr zu existieren: Fast sah er aus, als meditiere er. Dabei spürte er nur dem Schmerz nach, der seinen Vater immer zuerst tieftraurig und dann furchtbar wütend machte. Auch in ihm gab es widerstreitende Gefühle, aber er hatte schon früh den Drang gespürt, seine eigenen Empfindungen als Quelle poetischer Inspiration zu nutzen.

»Traurigkeit erfüllt das Herz, salzloser Traum fährt meereswärts, wenn Liebe am Gestad zerschellt …« Kritzelnd fuhr der Bleistift über das Blatt, als eine stark nach Lavendelparfum duftende, hochtoupierte Blondine um die Fünfzig auf Pumps mit gefährlich hohen Stilettabsätzen vorbeigeklappert kam. Sie trug ihr blaues Kattunkleid eine Nummer zu eng, und ihr dickes Make-up ließ ihren abweisenden Gesichtsausdruck nicht freundlicher wirken. Marcello erwachte auf der Stelle aus seinem Tagtraum.

Schau an, da kommt ja unser Vamp, dachte er und

mußte lächeln. Höflich grüßte er die Frau, die schon fast an ihm vorbei war.

»*Buon giorno,* Signora Talanto!«

»Marcello«, kam die kühle Antwort, ohne daß er eines Blickes gewürdigt wurde.

Während Signora Talanto sich klappernd und in ständiger Gefahr umzuknicken über das glatte Pflaster entfernte, radierte Marcello die letzte Zeile seines Gedichtes wieder aus. Er sann noch über eine Verbesserung nach, als aus der kleinen Seitengasse ein blitzend roter Lancia in die Hauptstraße einbog. Der Fahrer, ein Mann um die Dreißig, mit weit aufgeknöpftem weißem Hemd und hochgerollten Ärmeln, bremste ab, kurbelte sein Fenster herunter, pfiff Signora Talanto hinterher und machte eine anerkennende Gebärde.

»Ma che bella, la bionda«, rief er.

Signora Talanto blickte sich nach dem Fahrer um, tat überrascht, lächelte und winkte in seine Richtung. Als der Wagen vorbeigefahren war, strich sie ihren engen Rock glatt, als müsse sie eine Falte beseitigen, und stöckelte dann mit neuem Elan weiter.

Marcello schüttelte amüsiert den Kopf und versuchte, sich wieder in sein Gedicht zu vertiefen. Doch gleich wurde seine Aufmerksamkeit aufs neue abgelenkt, als er im oberen Stockwerk des Gamboccini-Hauses eine Bewegung wahrnahm. Ohne zu auffällig den Kopf zu heben, versuchte er angestrengt, aus den Augenwinkeln mitzubekommen, was sich hinter dem linken oberen Fenster tat. Die Gardinen bewegten sich leicht, und Marcellos Herz schien zu stolpern. Hinter der dünnen Gaze glaubte er ein Paar tiefbrauner Augen zu erahnen, die zu ihm herunterschauten ... Elena Gamboccini. Das Mädchen, wegen dem er neuerdings keinen Sonntag die Messe versäumte, da er ihr nur dort bis auf wenige Meter nahe zu sein vermochte. Er konnte nicht anders, er mußte hinaufsehen. Nichts regte sich mehr. Aufseufzend wendete er sich wieder seinem Notizbuch zu, und im Handumdrehen war die Seite vollgekritzelt.

»So wie der Vorhang wogt, so wogt mein Herz. Dein Blick, umhüllt von lichter Seide, füllt meine Adern mit dem Schmerz, den ich voll tiefer Zweifel leide ...«

»Marcello!«

Drei Jungen liefen die Straße herunter: seine besten Freunde Riccardo, Tito und Paolo. In jedem anderen Moment hätte er sich gefreut, sie zu sehen. Aber mußten sie ausgerechnet jetzt kommen?

Fröhlich umringten ihn die drei, alle stolze sechzehn Jahre alt wie er und in der gemeinsamen Schuluniform aus grauen Shorts und weißem Hemd. Nur war diese Kluft bei ihnen in weit besserem Zustand. Sie sahen aus wie junge Männer, die es kaum erwarten konnten, aus der Schule ins richtige Leben zu gelangen, zu den Antworten auf all ihre Neugier und ihre Sehnsüchte.

»Es wird Zeit, Cello!« Sein allerbester Freund Riccardo sah ihn mit seinen fast schwarzen Augen prüfend an und klopfte ihm dann aufmunternd auf die Schulter. »Wir wußten, daß wir dich hier finden würden. Wo solltest du auch sonst sein?«

»Dein Auge so blau, so golden dein Haar ...« Tito hatte sich theatralisch in Pose geworfen und deklamierte mit übermütigem Pathos. Paolo spendete fröhlich Beifall.

»Die sind braun«, murmelte Marcello so leise, daß ihn keiner der drei verstehen konnte. Schnell schob er das Büchlein in die hintere Tasche seiner Hose, stand auf und umarmte seine Freunde. Dann sah er mit gespielter Bewunderung Tito an und sagte: »Du bist ja ein Dichter, ein wahrer Magier des Wortes!«

Lachend verbeugte sich Tito, denn seine Schwäche in allen sprachlichen Fächern war sprichwörtlich. Schließlich meinte er mit gespielter Reue: »Ich gelobe Besserung, kannst du mir noch einmal verzeihen?« Dann setzte er ernsthafter hinzu: »Aber sieh den Tatsachen ins Auge: Der Sohn eines Fischers hat bei dem Gamboccini-Mädchen nicht den Hauch einer Chance. Du träumst, wenn du denkst, du könntest es am kommenden Wochenende auch nur versuchen!«

Beim Anblick von Marcellos Gesicht verstummte er. Sein Freund sah aus, als sei er wirklich verletzt, obwohl er versuchte, sich nichts anmerken zu lassen. Unwillkürlich mußte Marcello zum Fenster hochblicken. Konnte womöglich Elena alles mitbekommen haben?

»Armond wird sich so einen guten Fang nicht entgehen lassen. Wenn er sich doch nur einmal auf faire Weise mit uns messen müßte!« fügte Paolo mit plötzlichem Ärger hinzu, denn ihm war unvermittelt bewußt geworden, daß es genau so ablaufen würde, wie es immer abgelaufen war.

Riccardo, der nicht wollte, daß dies Marcello ebenfalls schmerzlich klar würde, legte den Arm um dessen

Schultern und brachte ihn mit sanftem Druck endlich dazu, sich gemeinsam auf den Weg in Richtung Schule zu machen. Dennoch konnte er seinen Freund nicht daran hindern, sich verstohlen ein letztes Mal umzuschauen, in der Hoffnung, doch noch hinter dem Fenster irgendein Lebenszeichen auszumachen. Und schlimmer noch: Er ertappte sich dabei, wie er das gleiche tat. Schnell blickte er unauffällig zu Marcello hinüber, ob er etwas bemerkt hatte. Nein, dazu war er viel zu tief in seine eigenen Gedanken versunken. Dennoch schalt sich Riccardo innerlich für den Verrat an seinem Freund. »Was würde ich von so einem Freund halten? Das ist Marcellos Mädchen, also keine sehnsüchtigen Blicke, nicht einmal sehnsüchtige Gedanken!« Den Rest des Schulwegs bemitleidete er sich insgeheim für die doppelte Unerreichbarkeit des schönsten Mädchens von Camogli, und er bewunderte sich zugleich für die stille Größe seines Verzichts, aus Loyalität zu seinem besten Freund

Armond

Das Anwesen der Familie Cessero, ein Gebäude wie ein Palazzo aus dem Novecento, lag auf einem Hügel gleich außerhalb des Dorfes. Mit seinen kunstvoll verzierten schmiedeeisernen Balkongittern, den aus stattlichen Quadern bestehenden Hausmauern, an denen sich alter Wein fast bis zum Dach emporrankte, und vor allem dem majestätischen Blick über die gesamte Bucht war es das angemessene Domizil für Signor Domenico Cessero, den Eiscremekönig von Camogli und Umgebung.

Der Mann, der als erster auf die Idee gekommen war, sein Eis industriell herstellen und von reizvoll uniformierten Mädchen verkaufen zu lassen, saß am Kopf einer enormen Tafel und las die Morgenzeitung. Alles in dem Frühstücksraum war riesig: der Kronleuchter aus Muranoglas, die Stilleben an den Wänden und die schwere, alte Anrichte neben der Tür, die überladen war mit allem, was man sich für ein Frühstück wünschen konnte. Nur der alte Diener, der mit seinem kleinen silbernen Tablett beflissen zwischen Tisch und Anrichte hin- und herlief, wirkte fast wie ein Zwerg in schwarzweißer Uniform.

Signor Cessero, der einen tadellosen grauen Anzug mit einem perfekt gebügelten weißen Hemd trug, bedurfte seiner Dienste nicht; er nippte lediglich ab und zu achtlos an einer Tasse mit tiefschwarzem Espresso. Sein Sohn Armond dagegen, der in seiner wie maßgeschneidert wirkenden Schuluniform weit entfernt an einer Seite des Tisches saß, hatte den Teller vollgehäuft mit unterschiedlich belegten Brötchen und Hörnchen, die er angebissen und dann liegengelassen hatte. Mißmutig starrte er über den Tisch seine Mutter an, eine noch recht attraktive, zarte Frau Ende Vierzig, die gerade dabei war, ihm aus einem silbernen Kännchen dickflüssige Schokolade in eine mit Rosen bemalte Porzellantasse zu gießen.

»Mama, nun mach doch schon. Ich will los!«

Nervös trommelte er mit der Hand auf das spitzenverzierte Tischtuch. Seine Mutter lächelte ihn verständnisvoll an.

»Verzeihung, mein Liebling, hier hast du deinen Kakao.«

Armond nahm ihr die Tasse so abrupt aus den Händen, daß ihr für die Jahreszeit viel zu warmes Tweedkostüm einen kleinen Schwall Schokolade abbekam. Immer noch lächelnd tupfte sie die Stelle mit einer Damastserviette ab, während ihr Sohn die Tasse einfach auf das Tischtuch stellte und in einen Marmeladentoast biß. Dann versuchte er, die Aufmerksamkeit seines in die Zeitung vertieften Vaters auf sich zu ziehen und fragte, immer noch kauend: »Papa, meinst du nicht auch, daß es Spaß machen würde, am Wochenende das neue Boot auszuprobieren?«

Vor Nervosität begann er mit dem Fuß zu trommeln. Die einzig merkliche Reaktion seines Vaters bestand im Umblättern der Zeitung. Signora Cessero nickte ihrem

Sohn aufmunternd zu und meldete sich dann mit fast flehend klingender Stimme zu Wort: »Ach ja, das wäre sicher nett, meinst du nicht auch?«

»Mmmh?« ertönte es hinter der Zeitung, und für einen kurzen Moment war das irritierte Gesicht Signor Cesseros zu sehen.

»Du und Armond ... Ihr könntet doch zusammen hinausfahren, nur ihr beide!« schlug sie hoffnungsvoll vor.

»Ich kann mir nicht erlauben, mit irgendwelchen Bootsausflügen meine Zeit zu verschwenden«, fuhr ihr Mann sie an. Dann blickte er mit gerunzelter Stirn zu seinem Sohn hinüber. »Und du redest gefälligst nicht mit vollem Mund!« Er nahm einen Schluck von seinem kaltgewordenen Espresso, hielt die Tasse angewidert dem herbeieilenden Diener entgegen und verschwand wieder hinter seiner Zeitung.

Armond warf den angebissenen Toast zu den übrigen Essensresten auf seinem Teller, und sein Fuß trommelte in immer schnellerem Takt. Seine Mutter blickte ihn verzeihungheischend an und sagte: »Du weißt ja, um was sich dein Vater im Moment alles kümmern muß!«

Dann reichte sie über den Tisch, um tröstend seinen Arm zu streicheln. Doch bevor sie ihn berühren konnte, zog Armond heftig den Arm weg, stieß seinen Stuhl zurück und zischte sie an: »Um mich ja ganz offensichtlich nicht!« Hastig lief er aus dem Raum, wobei er fast mit dem Diener zusammengestoßen wäre, der mit dem frisch aufgebrühten Espresso für seinen Vater aus der Küche kam.

»Ich wünsche dir einen wunderschönen Tag in der

Schule«, flötete seine Mutter ihm hinterher, während die Tür ziemlich laut ins Schloß fiel.

Signor Cessero blickte kurz über den Rand der Zeitung zu seiner Frau hinüber und knurrte: »Was dieser Bengel für Manieren hat … Ich habe keine Ahnung, wo er das her hat. Ganz bestimmt nicht von meiner Seite der Familie.«

Signora Cessero lachte nervös und wußte, daß ihr Blutdruck ihr wieder großen Kummer machen würde. Unbehaglich räusperte sie sich, dann sagte sie zögernd: »Vielleicht könntest du ja wirklich ein bißchen mehr Zeit mit dem Jungen verbringen …«

Barsch schnitt ihr Mann ihr das Wort ab. »Eine anständige Tracht Prügel, das ist alles, was der Kerl braucht.« Er faltete die Zeitung zusammen und warf sie auf den Tisch. Einen Moment später stand er auf, nahm im Stehen noch einen Schluck von dem frischen Espresso und wandte sich zum Gehen. Ohne noch einmal zurückzublicken, knöpfte er sein Jackett zu und sagte im Hinausgehen zu niemand Bestimmtem: »Es wird heute wieder spät werden.« Dann nickte er dem Diener kurz zu und war verschwunden.

»In Ordnung, Liebling. Ich wünsche dir einen schönen Tag …«, sagte Signora Cessero zu der Tür und sank dann auf ihrem Stuhl zusammen. Allein die stumme Anwesenheit des Dieners hielt sie davon ab, aus vollem Halse loszuschreien, bis ihr der Atem verginge.

Signor Selinas

Signor Selinas saß in würdevoller Haltung hinter seinem pompösen dunklen Schreibtisch und telefonierte. Das durch das hohe Schulfenster hereinfallende Sonnenlicht ließ die Staubkörnchen vor ihm munter tanzen und seinen korrekten schwarzen Anzug an einigen Stellen verräterisch glänzen. Bei diesem Licht war nicht zu übersehen, daß der Direktor von Camoglis Gabriele-D'Annunzio-Oberschule für Knaben schon länger keinen neuen Zweireiher hatte kaufen können.

»Selbstverständlich, ich verstehe«, sagte er in sehr förmlichem Ton und hielt dabei den altmodischen Hörer so weit von seinem Kopf entfernt, als wolle er respektvollen Abstand wahren. »Ich werde persönlich dafür Sorge tragen, daß unser diesjähriger Kandidat seinen Aufsatz morgen für Sie fertigstellt, so daß Sie ihn spätestens am Montagmorgen in Händen halten sollten.«

Signor Selinas erhob sich und nahm noch mehr Haltung an. »Ja, Herr Kanzler, ich kenne die Termine Ihrer Universität. Haben Sie noch einmal besten Dank für Ihren Anruf. Auch Ihnen einen guten Tag.«

Er legte auf, lief einmal um seinen Schreibtisch und rieb sich dabei unentwegt die Hände. Schließlich ließ er sich wieder auf den hölzernen Drehsessel fallen und starrte das Telefon an. Sollte er seinen Rivalen anrufen? Die Vorfreude ließ ihn kurz lächeln, dann nahm er den Hörer wieder auf und tippte ein paarmal auf die Gabel. Sobald er eine Verbindung hatte, sagte er: »Hallo? Geben Sie mir bitte Portofino 612.«

Dann lehnte er sich bequem in seinem Schreibtischsessel zurück und legte die Füße auf die Tischplatte. Seine Augen wanderten über die staubigen Bücherregale an der Wand gegenüber. Plötzlich nahm er die Füße wieder vom Tisch und setzte sich kerzengerade auf, so als fühlte er sich ertappt.

»Ah, Kollege Sangorino, einen schönen guten Morgen. Hier ist Selinas von der Gabriele-D'Annunzio-Oberschule in Camogli. Ich weiß nicht, ob Sie schon gehört haben, daß ...«

»Ja, verehrter Kollege Selinas, uns hat der Herr Kanzler bereits gestern angerufen«, drang eine sonore Stimme aus dem Hörer. »Wollen Sie es tatsächlich dieses Jahr noch einmal versuchen? Ich möchte Ihnen ja nicht zu nahe treten, aber Ihre letzten Kandidaten ließen doch einiges zu wünschen übrig, das müssen Sie schon zugeben.«

In Signor Selinas' linkem Augenlid zuckte es. Diese grenzenlose Arroganz! Vielleicht waren die Kandidaten, die er in den letzten Jahren für das einzige Stipendium der Universität in der Provinzhauptstadt hatte ins Rennen schicken können, ja wirklich nicht die allerstärksten gewesen. Man konnte schließlich nur mit dem Material arbeiten, das einem zur Verfügung stand. Aber mußte dieser verdammte Sangorino immer darauf herumreiten, daß seine eigenen Kandidaten fast schon ein Abonnement auf diesen begehrten Studienplatz hatten? Nun, dieses Jahr sollte er sich nur nicht zu sicher fühlen. Signor Selinas atmete tief durch, legte seine Füße wieder auf den Schreibtisch und sagte so freundlich, wie er es vermochte: »Nun, Dabeisein ist alles, wie man so sagt. Es wäre ja auch ein zu herber Schlag für so eine große, traditionsreiche Schule wie die Ihre, wenn sie im Wettstreit ausgerechnet mit unserer kleinen, unbedeutenden Lehranstalt unterlegen wäre, nicht wahr, Herr Kollege?«

»Ich denke, schlaflose Nächte muß ich da kaum befürchten, mein bester Selinas. Sagen Sie, hatten Sie noch etwas auf dem Herzen? Sie wollen sich doch gewiß für den Unterricht vorbereiten. Und dann müssen Sie doch sicher jede Minute, die Sie erübrigen können, darauf verwenden, Ihren Kandidaten für seinen Aufsatz zu präparieren. Ich möchte Sie nicht abhalten, guten Tag also.«

»Richtig, richtig. Auch Ihnen einen guten Tag.« Dann knallte Signor Selinas den Hörer auf die Gabel, sprang auf und lief so lange in seinem Büro auf und ab, bis er sich wieder beruhigt hatte. »Was hat dieser Kerl nur, daß er es immer wieder schafft, mich in Rage zu bringen?« fragte er in den leeren Raum hinein, blieb am Fenster stehen und blickte gedankenverloren hinaus auf den Schulhof.

Im nächsten Moment bog Marcello mit seinen Freunden um die Ecke, vier junge Männer, die nur noch ein halbes Schuljahr vor sich hatten. Was würde aus ihnen werden? Schon zum zweiten Mal an diesem Morgen lächelte der Schuldirektor. Er blickte Marcello nach, wie er und seine Freunde in tiefes Gespräch versunken in einem Winkel des Schulhofs verschwanden, und rieb sich versonnen das Kinn. »Abwarten, Signor Sangorino. Wir werden ja sehen ...«

Marcello hatte sich mit seinen drei Freunden in ihre übliche Ecke zurückgezogen. Hier war der Lärm nicht ganz so ohrenbetäubend wie auf der anderen Seite des Schulhofs, wo die Handvoll alter Klettergeräte vor allem die jüngeren Schüler anzog. Tito hatte einen alten Baseball aus der Tasche gezogen, den ihm einer der ersten amerikanischen Soldaten geschenkt hatte, die kurz vor dem Ende des Krieges durch das Dorf gekommen waren. Er war sein Talisman geworden, und nun warf er ihn so geübt gegen die Wand des ehrwürdigen Schulgebäudes, als habe er nie etwas anderes getan. Riccardo und Paolo schauten fasziniert einem smaragdgrün schillernden Mauergecko zu, der neugierig näher und näher zu der Stelle hintrippelte, wo der harte Lederball mit erbarmungsloser Präzision immer wieder auftraf. Konnte irgendein Lebewesen so dumm sein, sich freiwillig dem eigenen Verderben auszusetzen?

»Ist wenigstens einem von euch etwas eingefallen? Was sollen wir wegen Armond unternehmen?« fragte Marcello, der von der sich anbahnenden Tragödie nichts mitbekommen hatte.

»Was stellst du dir denn vor? Sollen wir vielleicht versuchen, ihn aus seiner Villa zu entführen?« fragte Paolo und tat so, als wolle er Tito hochheben und wegtragen, was diesen so zum Lachen brachte, daß sein Ball fast in einem Schulfenster gelandet wäre. Der Gecko verschwand blitzschnell in einer Mauerritze.

»Klar, wenn du Wert darauf legst, daß deine Familie dich einmal im Jahr in dem Rattenloch besucht, in das man dich einsperren wird ... Nein, ganz im Ernst. Wie wollt ihr jemals zu einem Mädchen kommen, wenn er weiter mit seinem Geld und den teuren Geschenken die Väter beeindruckt? So ist doch dieser ganze schöne alte Brauch nichts mehr wert!« Marcello hatte sich regelrecht in Rage geredet.

»Komisch, das hat dich doch bislang auch nicht besonders gestört, oder?« meinte Tito, und Paolo warf sich dramatisch in Positur: »Elena, dein Antlitz erquickend und labend, säh ich so gern nächsten Samstagabend!«

Tito und er konnten sich kaum halten vor Lachen.

»Wirklich komisch. Dann ist es euch also egal, daß ihr dieses Jahr ganz bestimmt keine Verabredung haben werdet?«

Marcello war so entrüstet, daß Riccardo eingriff. »Ach Cello, wir brauchen uns doch nichts vorzumachen. Seiner Familie gehört nun mal das halbe Dorf ...«

»Eher das ganze«, warf Tito ein.

»... und es ist doch klar, daß jeder Vater in Camogli seine Geschenke allen anderen vorzieht und seine Tochter lieber mit ihm das erste Mal ausgehen läßt. Und selbst wenn es nicht um das Geld geht, haben die meisten einfach Angst, ihren Arbeitsplatz zu verlieren.«

»Aber die Gamboccinis gehören den Cesseros nicht. Die sind auf deren Gnade nicht angewiesen, sie haben schließlich selbst genug Geld.«

»Stimmt, Cello. Und genau deshalb werden sie bestimmt nicht irgendeinen Fischerjungen zum Zug kommen lassen«, erklärte Riccardo. »Elena ist ihr einziges Kind. Der alte Gamboccini läßt ja keinen Jungen auch nur denselben Bürgersteig benutzen wie seine kostbare Tochter, ganz zu schweigen von dem Gedanken, es könnte sie einer ansprechen wollen. Wer weiß, sie könnte sogar stumm und taub sein, ohne daß wir es bemerkt hätten, so sehr schirmt er sie gegen jeden ab, der nicht zur Familie gehört!«

»Ich glaube nicht, daß Marcello das etwas ausmachen würde«, meinte Paolo trocken, und Tito klopfte ihm beifällig auf die Schulter. Marcello schnaubte nur und blickte hilfesuchend Riccardo an.

»Wir können nur eins tun – wir machen immer wieder mit, so als hätten wir eine Chance, und wer weiß, vielleicht hat ja irgendwann wirklich einer von uns Glück …« Sehr hoffnungsvoll klangen Riccardos Worte nicht.

»Ja, bei dem schrecklichen Santini-Mädchen vielleicht«, fiel Paolo ein und warf in übertriebenem Entsetzen die Arme hoch.

Marcello klang plötzlich richtig verbittert: »Und das soll es sein? Das ist also eure Vorstellung von unserem größten Sommer: Armond nimmt sich alles, was er möchte, und wir machen ein freundliches Gesicht dazu. Damit wollt ihr euch abfinden?«

»Cello, ich finde das genauso unerträglich wie du.« Wie gerne hätte Riccardo seinen besten Freund getröstet. »Aber du darfst dir nichts vormachen: Er ist schon so kaum zu schlagen. Du kannst dich darauf verlassen – bei Elena wird er zum ersten Mal wirklich schweres Geschütz auffahren.«

»Er ist ein egoistischer, arroganter Schnösel. Daran ändert sein Geld gar nichts. Das muß sie einfach sehen!«

Bei der Verzweiflung, die in Marcellos Stimme lag, hörte sogar Tito für einen Moment mit dem Ballspielen auf und wurde ernst. »Falls du von deiner angebeteten Elena redest, dann solltest du es besser gleich vergessen. Sie hat in dieser Angelegenheit nämlich gar nichts zu sagen, und das weißt du genau. Der alte Gamboccini wird ganz allein entscheiden, wer das beste Geschenk gebracht hat und darum traditionell seine Tochter zu ihrem ersten Tanz begleiten darf, wie jeder gottverdammte Vater in diesem gottverdammten Nest. Selbst wenn sie ihn genau durchschauen würde, wird das keinen interessieren, am wenigsten ihren Vater. Sie wird am Samstag mit genau demjenigen ausgehen, den ihr Papa für sie aussucht, und basta.«

»Und du willst, daß er ausgerechnet dich aussucht, Marcello? Dann solltest du dir schleunigst etwas Geniales einfallen lassen«, setzte Paolo hinzu. »Wunder hat es nämlich in unserem Dorf schon seit ewigen Zeiten nicht gegeben.«

»Jawohl, mein Sohn«, fiel Tito in salbungsvollem Ton ein, »und genau deshalb würden auch ein paar Ave Marias gewiß nicht schaden.«

»Verdammt!« Am liebsten hätte Marcello wie ein kleiner Junge mit dem Fuß aufgestampft. Genau in diesem Augenblick begann die Schulglocke zu läuten. Das Gewimmel auf dem Schulhof ordnete sich, das Grau und Weiß der Schuluniformen bildete einen schnell dahinfließenden Strom, und alle Schüler strebten zu der breiten steinernen Treppe, an deren oberem Ende der alte Hausmeister die schwere, zweiflüglige Schultür aufstieß. Gutmütig trat er zur Seite, um die drängelnde, schwatzende Schar in den großen Flur zu lassen. Einzig Marcello schien es nicht eilig zu haben; gemeinsam mit Riccardo bildete er eine zögernde kleine Nachhut. Nachdem der Hausmeister die Tür hinter ihnen geschlossen hatte, lag der Schulhof wieder so friedlich da, als hätte er immer schon allein den Geckos gehört, die sich wieder aus ihren Mauerspalten hervorwagten und in der Morgensonne wärmten.

Schule

Wie jeden Morgen vor dem Unterricht ließ sich auch heute der Klassenraum in mehrere deutlich voneinander getrennte Zonen unterscheiden. Vorne, dicht bei dem imposanten Lehrerpult aus uraltem, fast golden schimmerndem Pinienholz war alles leer. Auf der linken Seite, bei der mindestens ebenso alten Weltkarte und dem Schrank mit dem Skelett, das seit ewigen Schülergenerationen Dante hieß, wirbelten die Jungen so wild durcheinander, als hätten sie nur noch so lange ihre Freiheit, bis mit dem Läuten zur ersten Stunde lebenslängliches Stillsitzen begänne. Ganz hinten, an seinem Pult in der Mittelreihe, saß Armond mit seinem Gefolge – den Jungs, die sich jeden Morgen um ihn scharten, um begierig den grandios ausgeschmückten Geschichten seiner endlosen Eroberungen zu lauschen, um dafür gnädig mit amerikanischen Kaugummis belohnt zu werden.

Auf der letzten Fensterbank rechts hinten hockten dichtgedrängt die vier Freunde, den Rücken der Gasse unter ihnen zugewandt, und erledigten schnell auf dem Schoß noch eine Hausaufgabe, indem Marcello wie ein Schachmeister beim Simultanturnier jedem bei seinem Aufsatz half. Riccardo brauchte nur ein paar Tips, Tito wollte am liebsten jeden Satz diktiert bekommen, und Paolo kritzelte angestrengt sein Heft voll. Wären sie nicht so beschäftigt gewesen, hätten sie Armonds laute Stimme gar nicht überhören können.

»Klar wollte sie zuerst nicht, aber ich weiß ja, was die Mädchen hören wollen, und nach ein bißchen Süßholz …« Er zwinkerte seinen Kumpanen vielsagend zu, die mit so weit offenen Mündern dasaßen, daß sie Gefahr liefen, ihre Kaugummis zu verlieren. Armond räkelte sich gelangweilt auf seinem viel zu kleinen Stuhl, blickte hinüber zu Marcello und seinen Freunden und fuhr dann mit noch lauterer Stimme fort: »Na ja, dieses Wochenende ist das Gamboccini-Mädchen fällig. Das könnte mal ein wenig Abwechslung auf meine Speisekarte bringen, was meint ihr, Jungs?« Alle blickten nun hinüber zur Fensterbank, stießen einander in die Rippen und grinsten beifällig. »Was ist mit dir, Romero?« Armond brüllte fast, um Marcellos Aufmerksamkeit zu erregen. »Wolltest du am Samstag nicht auch zu den Gamboccinis? Dann kannst du gern zuschauen, wie ich die Trophäe wegschleppe. Als Konkurrent wirst du ja wohl kaum taugen, auch wenn ein bißchen Wettbewerb die Sache bestimmt reizvoller machen würde. Es beginnt allmählich, etwas langweilig zu werden.« Seine Gruppe grölte vor Vergnügen.

Ehe Marcello etwas sagen konnte, das allen verraten hätte, wie verletzlich er in diesem Punkt war, rief Riccardo: »Du wirst selbst allmählich ziemlich langweilig, Armond. Freue dich nicht zu früh wegen Samstag. Die Konkurrenz ist groß, und dieses eine Mal wird dir dein

Geld wenig helfen. Ganz schlecht – dann mußt du dich nämlich auf deinen Geist und deine Kreativität verlassen.«

Plötzlich mußte sogar Marcello lachen, und Armonds Gefolgschaft blickte verunsichert zu ihrem Chef. Doch der schaute unverwandt zu Marcello, um sich erst dann Riccardo zuzuwenden, als wäre er eine lästige Fliege.

»Tja, dann brauchst du ja gar nicht erst anzutreten, Riccardo. Egal, es wird dich sowieso keiner vermissen.«

Erkennbar zufrieden mit der eigenen Schlagfertigkeit, ließ er sich von seiner johlenden Anhängerschar feiern.

Auf einmal rief ein Junge, der vorn auf eine Fensterbank geklettert war, um sein Papierflugzeug wiederzuholen, voller Aufregung: »Da ist sie, schnell, kommt her, da ist sie!«

Alle versuchten, einen der kostbaren Fensterplätze zu erobern, nur das hinterste Fenster gehörte allein Marcello und seinen Freunden.

Andächtig, als wohnten sie einer Erscheinung bei, starrten sie hinunter in die Gasse, die zu der höheren Mädchenschule Santa Maria Immaculata oben auf dem Hügel führte. Signor Gamboccini, im dunkelblauen Anzug und immer wieder den Schweiß auf seiner Stirn mit einem weißen Taschentuch abtupfend, zog seine Tochter Elena mehr hinter sich her, als er sie führte. Sie war fast einen halben Kopf größer als er, trug das volle, samtschwarze Haar in einem Pferdeschwanz, und trotz ihrer Schuluniform aus blauem Jackett und knielangem schwarzem Rock mit weißen Kniestrümpfen sah sie so aus, als sei sie geradewegs den Seiten eines der Modemagazine aus Rom entstiegen. Wie jeden Morgen ließ sie sich mit gesenkten Augen an der Gabriele-D'Annunzio-Schule vorbeiführen, denn wie jeden Morgen pfiffen die Jungs hinter ihr her, klopften an die Scheibe und versuchten alle auf einmal, ihre Aufmerksamkeit zu erregen. Doch dieses Mal, gerade als sie unter Marcellos Fenster vorbeigingen, wandte sie unvermittelt den Kopf, und es kam ihm so vor, als habe er für einen kurzen Moment den Blick aus ihren rätselhaften, wunderschönen braunen Augen auf sich gespürt.

Sogleich steigerte sich das Gejohle der anderen zu ungeahnter Lautstärke, und Signor Gamboccini beschleunigte verärgert den Schritt, so daß unter ihren Füßen eine richtige kleine Staubwolke aufwirbelte.

Alle lachten, lärmten und winkten den beiden hinterher, bis sie aus ihrem Blickfeld verschwunden waren. Nur Marcello und Riccardo hatten sich bereits vorher abgewandt. Marcello stand einfach da, ohne seine Umgebung wahrzunehmen, und sah so aus, als habe er Amors Pfeil nicht nur direkt ins Herz bekommen, sondern zugleich dorthin, wo der Verstand sitzt. Riccardo, den Elenas unbegreifliche Schönheit selbst einmal mehr unvorbereitet getroffen hatte, blickte erleichtert zu seinem Freund: Nein, in diesem Zustand hätte er nicht einmal mitbekommen, wenn Riccardo dem Mädchen auf zwei Fingern hinterher gepfiffen hätte.

Noch bevor er eine Chance hatte, sich für seinen wiederholten Mangel an Loyalität zu schämen, flog die Klassentür auf, und alle Jungen stürzten fort von den

Fenstern und zu ihren Pulten, wo sie in gerader Haltung neben ihren Stühlen stehen blieben, um mit einem geschmetterten »*Buon giorno*, Signor Selinas« ihren Lehrer zu begrüßen, der mit solchem Schwung hereingestürmt war, daß die Tür lautstark gegen die Wand schlug.

»Guten Morgen, meine Herren. Setzen Sie sich«, sagte Signor Selinas und warf ein paar bereits recht ramponiert aussehender Bücher auf sein Pult. Er würdigte die Klasse keines Blickes, griff nach dem Schwamm, der in einem Eimerchen auf dem Fensterbrett lag, und wischte mit energischem Schwung die Tafel, ohne dabei auf das Kreidewasser zu achten, das über seinen Ärmel lief. Dann griff er sich ein Stück Kreide und wandte sich den Schülern zu.

»Wo waren wir ...« Mitten im Satz hielt er inne und blickte verblüfft zu dem letzten Fenster. Er hüstelte laut, doch die einsam dort stehende Gestalt zeigte keinerlei Reaktion. Marcello stand so reglos da, als wolle er dem Schulskelett seinen Platz streitig machen. Die Klasse hielt den Atem an; einige konnten kaum noch das Lachen unterdrücken, bis ein eisiger Blick von Signor Selinas sie zur Ruhe brachte.

Plötzlich traf ein scharf geworfenes Stück Kreide Marcello an der Schulter. Er schrak zusammen, fuhr sich mit der Hand über die schmerzende Stelle und blickte hoch – gerade rechtzeitig, um noch knapp dem nächsten Wurfgeschoß von der Tafel auszuweichen und das Meer der feixenden Gesichter wahrzunehmen, die fasziniert das unterhaltsamste Schauspiel seit langem verfolgten.

»Romero, setzen Sie sich sofort auf Ihren Platz! Ich habe es endgültig satt, daß Sie immer eine Extra-Einladung brauchen!« Signor Selinas schäumte fast vor Wut.

Marcello beeilte sich, zu seinem Platz zu kommen, und rieb sich unwillkürlich die Schulter, wo die Kreide einen kleinen weißen Fleck hinterlassen hatte.

»Jeden Morgen dasselbe Spiel! Ich werde das nicht mehr dulden. Mit Ihrer Tagträumerei lenken Sie mir die ganze Klasse ab. Damit muß endgültig Schluß sein!«

Tito und Paolo hatten ebensoviel Mühe wie die anderen, ernst zu bleiben, aber Riccardo blickte besorgt zu seinem Freund hinüber. Ihre Blicke trafen sich, und Riccardo machte eine aufmunternde Gebärde. Sollten die anderen lachen, sie hatten eben keine Ahnung von wirklichen Gefühlen. Und das war vermutlich gut so, denn dann hätten sie spüren müssen, wie verletzlich Marcello war. Und sie hätten gewußt, wie viel Sorge sich Riccardo wegen des bevorstehenden Samstags um seinen Freund machte.

»Nun, meine Herren, ich denke, heute morgen wollten wir uns mit unserer Geschichte befassen. Die Bücher, Kapitel *Das Werden unserer Nation* bitte.« Lautes Stöhnen begleitete das Hervorholen der Bücher, doch Signor Selinas ließ sich nicht beirren. Er drehte sich zur Tafel um und begann mit weit ausholenden Bewegungen eine seiner gefürchteten Geschichtstabellen an die Tafel zu schreiben.

Marcello hatte sein Buch hervorgenommen; ehe er es aber noch öffnen konnte, war sein Blick schon wieder zum Fenster gewandert, hinter dem der Pfad lag, auf dem eben erst Elena gewandelt war. Er vermeinte noch die kleinen Staubwölkchen zu sehen, die ihre Schritte aufgewirbelt hatten.

»Das gilt auch für unseren Herrn Romero«, sagte Signor Selinas, ohne sich umzudrehen oder mit dem Schreiben aufzuhören. Er mußte wirklich einen sechsten Sinn besitzen.

Marcello nahm sich zusammen und öffnete schnell sein Buch. Dann blickte er hinüber zu Riccardo, der sich nur stumm an die Stirn tippte, ihm dann aber aufmunternd zulächelte. Vielleicht hatte er ja recht, vielleicht war er wirklich so eine Art Narr. Aber eines wußte er genau: Wenn ihm nicht irgend etwas einfiele, womit er die Chance bekam, das Herz dieses Mädchens zu gewinnen, dann wäre er der größte Narr, den man sich nur denken konnte.

Das Dilemma

Als die Schulglocke das Ende eines langen Tages verkündete, war keiner der Jungen mehr zu halten. Jeder wollte der erste sein, und Marcello, Riccardo, Paolo und Tito mußten aufpassen, nicht von den Horden kleinerer Mitschüler umgerannt zu werden. Doch als sie glücklich die Schultüre erreicht hatten, tauchte plötzlich Signor Selinas' Kopf aus dem Eingang zum Direktorzimmer auf.

»Romero, darf ich kurz bitten? Ich werde Ihre kostbare Zeit auch nicht lange in Anspruch nehmen.« Mit einem unerbittlichen Zeigefinger winkte er Marcello zu sich herein.

»Der Termin für Ihre Bewerbung um das Universitätsstipendium wurde vorverlegt«, erläuterte Signor Selinas, sobald sich die Tür des Direktorenbüros hinter ihm geschlossen hatte. »Wir werden Ihren Aufsatz spätestens am Montagmorgen einreichen müssen. Das heißt, morgen ist für Sie die letzte Gelegenheit, ihn zu schreiben.«

»Aber ...« Weiter kam Marcello nicht, denn sofort fegte Signor Selinas jeden möglichen Einwand mit einer kategorischen Handbewegung beiseite. »Nun, auch wenn mir bewußt ist, daß Sie dabei nicht unbedingt beaufsichtigt werden müssen, werde ich doch Signor Copello dafür abstellen, sich mit Ihnen in einen gesonderten Raum zu setzen, damit Sie auf keinen Fall abgelenkt werden.« Warnend hob der Direktor seinen Zeigefinger. »Und wie ich Ihnen heute bereits gesagt habe, mit Ihrer Tagträumerei muß endgültig Schluß sein. Ich möchte sehen, daß Sie sich voll und ganz auf das konzentrieren, was die größte Chance in Ihrem Leben ist. Ich habe hart dafür gekämpft, daß Sie diese Chance bekommen, und ich bin überzeugt davon, daß Sie es schaffen können. Ich will nicht erleben müssen, daß Sie sich das durch irgendwelche Traumtänzerei kaputtmachen. Ist das klar?«

»Ja, Herr Direktor.« Marcello war längst bei einem viel drängenderen Problem, einem, bei dem es wirklich um Leben und Tod ging: Wie konnte er Elena Gamboccini gewinnen?

Sobald er entlassen war, wandte er sich um und lief hinter seinen Freunden her. Ein kopfschüttelnder Signor Selinas blickte ihm versonnen nach, lächelte dann und verschwand, in offensichtlich angenehme Gedanken vertieft, in seinem Zimmer.

Am Schultor warteten Riccardo, Paolo und Tito, begierig zu erfahren, was Selinas gewollt hatte.

»Nichts, gar nichts, er hat mir nur angekündigt, daß er mich morgen in Einzelhaft stecken will. Aber das ist auch schon fast egal, verglichen mit meinem eigentlichen Problem.« Marcello legte Riccardo den Arm um die Schulter, und sie vertieften sich so in ein intensives Gespräch über die Möglichkeiten, an ein einzigartiges Geschenk zu kommen, daß sie gar nicht bemerkten, wie Paolo und Tito hinter ihnen zurückblieben. An der Einmündung zur Piazza des Dorfes hatte sich nämlich ein kleiner Auflauf von Schülern gebildet, bei dem die beiden keinesfalls fehlen wollten.

Marcello und Riccardo schlenderten weiter bis zur Hafenmauer, kletterten dann hinunter zu dem Strand aus großen, braunen Kieselsteinen, die noch die Wärme des Tages atmeten und von denen ein leichter Geruch nach Fisch auszugehen schien, obwohl sie nur bei wirklich stürmischem Meer hin und wieder überspült wurden. Bei ihrem liebsten Abendplatz, einem umgestürzten alten Fischerboot, an dessen verwittertem Bug nur noch die verblaßten Buchstaben Bella E zu entziffern waren, setzten sie sich auf die Steine, an den rauhen Bootskörper gelehnt, und schauten über das Meer, das wie ein bleigrauer Spiegel unter dem Abendhimmel lag.

»Weißt du, Riccardo, wenn ich darüber nachdenke, ist mir schon klar, daß ich keine Chance habe. Aber das kann doch kein Grund sein, es nicht trotzdem zu versuchen ...«

»Marcello, Riccardo!« Tito war ganz außer Atem, als er mit knappem Vorsprung vor Paolo herbeigelaufen kam, kurz vor den beiden in einem Hagel von Kieselsteinen abbremste und sich neben sie auf den Strand warf. »Ihr habt sie verpaßt!« konnte er gerade noch hervorstoßen, dann mußte er nach Luft schnappen.

»Wen denn?« fragte Marcello verwundert.

»Armond ...«, antwortete Paolo für ihn. »Wir haben euch noch hinterhergerufen.«

»Was ist mit Armond?« Man konnte an seinem Tonfall hören, daß Marcello aufs höchste alarmiert war.

»Er war auf der Piazza und hat mit dem alten Gamboccini gesprochen.«

»Ja, und Elena war auch da!« fiel Tito ein, der endlich wieder zu Atem gekommen war.

Marcellos Gesicht verfinsterte sich. Nicht nur, daß er die Gelegenheit verpaßt hatte, Elena zu sehen – nein, sein ärgster Widersacher, Armond, dieser Wichtigtuer, hatte mit ihr zusammengestanden ...

»Elena? Bist du sicher? Ich habe sie gar nicht gesehen!« Paolo runzelte die Stirn. Doch Tito war viel zu aufgeregt, um auf seinen Freund zu achten. »Aber gewiß war sie da. Du konntest sie wahrscheinlich wegen dem Brunnen nicht sehen, aber sie stand direkt zwischen ihrem Vater und Armond.« Paolo blickte immer noch leicht ungläubig, aber da ließ Tito seine Bombe platzen. »Ich weiß nicht, aber ich glaube, sie hat sogar etwas zu ihm gesagt.«

Marcello wurde so blaß, daß Riccardo einen Schreck bekam. Tadelnd blickte er Tito an, der bedauernd die Schultern zuckte, von seiner Unschuld überzeugt, sich dann aber doch noch einmal an Marcello wandte: »Es muß ja nichts Wichtiges gewesen sein. Sie hat ihm bestimmt nur irgend etwas für seinen Vater gesagt, was er ihm ausrichten soll. Ganz harmlos.« Es klang irgendwie lahm, und Marcello schien es gar nicht wahrzunehmen. Er sprang auf, verschränkte die Arme vor der Brust, als wäre ihm kalt, und schlenderte hinunter ans Wasser, ohne auf die Freunde zu achten.

Riccardo wandte sich den beiden zu und scheuchte sie mit einer stummen Gebärde davon. Die beiden anderen schauten einander an, als hätten sie es auf einmal mit zwei Verrückten zu tun, und machten sich kopfschüttelnd auf den Heimweg.

Eine Stunde später lag das ganze Dorf in abendlicher Ruhe. Alle Schüler waren zu Hause, die Familien saßen beim Abendessen, und nur ein verspätetes Fischerboot kam von seiner langen Tagesfahrt zurück; man konnte in der Ferne das leise Tuckern des Motors hören. Marcello und Riccardo saßen schweigend auf der Hafenmauer, ließen die Beine baumeln und sahen dem kleinen, tief im Wasser liegenden Boot entgegen, das auf dem inzwischen von der Abendsonne dunkelorange gefärbten Meer dem Hafen zusteuerte. Ohne Marcello anzublicken, brach Riccardo schließlich das Schweigen.

»Ganz im Ernst, du darfst es dir nicht völlig mit Selinas verscherzen. Eigentlich hat er dich immer gemocht, glaube ich, aber in der letzten Zeit braucht er mehr Kreide für dich als für seine geliebte Tafel.«

Marcello mußte lächeln. »Du hast ja recht. Aber ich weiß auch nicht, manchmal bin ich einfach irgendwo ganz anders. Und ich will dann auch gar nicht mehr hier sein. Kannst du das verstehen?«

»Klar, aber Selinas kann es bestimmt nicht. Du hast ihn in den letzten Monaten zu oft in Rage gebracht, und beim nächsten Mal wird es böse ausgehen. Du kannst ja von Elena träumen, aber bitte nicht mehr in der Schule. Ich kann mir nicht vorstellen, daß du deinen Vater in der Schule sehen willst. Er wird kaum besonderes Verständnis haben, so wie ich ihn in der letzten Zeit erlebt habe.«

Marcello wurde wieder nachdenklich. Es stimmte, der Umgang mit seinem Vater war immer schwieriger geworden. Er schien mit sich und der Welt im Unfrieden, wirkte mit jedem Tag verbitterter, und nur für seinen

Sohn hatte er noch ein paar gute Worte. Marcello durfte ihn nicht enttäuschen. Aber Elena ... Was sollte er bloß tun, was für eine Chance hatte er?

»Ach Riccardo, ich weiß einfach nicht weiter. Mir bleiben nicht einmal zwei Tage, und ich habe nicht die kleinste Idee. Das ist es, was mich wirklich verrückt macht. Ich weiß nur eines: Ich werde am Samstag Elena zu ihrer ersten Verabredung ausführen, komme, was da wolle.«

»Nun, die Konkurrenz von Armond ist diesmal vielleicht wirklich nicht ganz so schlimm wie sonst. Komm, laß uns noch einmal gründlich nachdenken. Elena ist ein Mädchen, das man nicht einfach für Geld gewinnen kann.«

Wieder schwiegen die beiden, dachten angestrengt nach und verfolgten dabei fasziniert den glutroten Sonnenball, der sich überraschend schnell dem Horizont zu nähern schien und dabei so viel größer aussah als tagsüber, wenn er als grelle, blendend weiße Scheibe am Himmel stand. Eine Weile blieb das Plätschern des schon schläfrig wirkenden Meeres das einzige Geräusch, dann und wann unterbrochen von dem gedämpften Schrei einer einzelnen Möwe, die noch auf der Suche nach einem guten Schlafplatz als schwarze Silhouette vor dem Abendhimmel dahinsegelte.

Schließlich war es erneut Riccardo, der das Schweigen brach.

»Wie geht es deinem Vater denn zur Zeit wirklich?«

»Ach, es geht ihm eigentlich ganz gut«, antwortete Marcello, auch wenn es nicht recht überzeugend klang.

»Er sagt nicht sehr viel, eigentlich kaum etwas. Manchmal gibt es auch bessere Tage, dann kann man sich fast mit ihm unterhalten, aber so wie damals, als Mama noch bei uns war, ist er nie mehr.«

Traurig betrachtete Marcello seine Fußspitzen. Er merkte gar nicht, daß er den Moment verpaßte, auf den sie immer warteten, wenn sie abends hier unten saßen: den Augenblick, wo der Sonnenball den Horizont berührte, für nicht viel mehr als einen Wimpernschlag als perfekte Kugel auf dem Rand balancierte und dann begann, dahinter zu versinken. Er sann darüber nach, wie wohl alles sein würde, wenn er eine Mutter hätte, der er alles anvertrauen könnte, die ihn in allem verstehen und in selbstverständlicher Liebe unterstützen würde, auch wenn er von seinen Gefühlen in eine schwierige Lage gebracht wurde, und die ihn deswegen gerade nicht kritisieren würde.

Riccardo schien seine Gedanken lesen zu können, denn genau in diesem Augenblick fragte er vorsichtig: »Was ist eigentlich mit deiner Mutter ... Hörst du manchmal noch von ihr?« Er wußte, wieviel sie ihm noch immer bedeutete, obwohl sie schon drei Jahre fort war.

»Ach, kaum. Letzte Woche habe ich eine Karte von ihr bekommen. Die konnte ich glücklicherweise gerade noch vor meinem Vater verbergen, das hätte ihn sonst noch mehr verbittert.«

»Lebt sie immer noch in Mailand, mit diesem Ehebrecher, diesem Künstler?« Für Riccardo waren die Fronten klar: Wer in die Familie seines besten Freundes eindrang und ihm seine Mutter wegnahm, der war ein Ehebrecher, für den keine mildernden Umstände galten. Seltsam, dachte er, daß man jemanden, den man gar nicht kennt, so verabscheuen kann – nur aus Mitgefühl für seinen besten Freund.

»Es sieht zumindest so aus. Jedenfalls ist die Karte von da, und ich habe in der Zwischenzeit nichts anderes gehört«, sagte Marcello leise, und er konnte einen leisen Seufzer nicht unterdrücken.

Riccardo stellte sich vor, wie er selbst sich fühlen würde ohne seine Familie, die liebevoll zusammenhielt. Gerade heute hatten sie den Urgroßvater aus dem Pflegeheim der Barmherzigen Schwestern geholt und ein großes Abendessen vorbereitet, wo die ganze Familie zusammensein würde. Die ganze Familie ...

»Herr im Himmel, das habe ich ja völlig vergessen! Ich muß sofort nach Hause, Nonno ist da, und alle kommen zum Essen. Ciao, bis morgen, mach es gut ...« Schon sprang er mit Schwung von der Mauer – mit dermaßen viel Schwung, daß er die soeben vorbeistöckelnde Signora Talanto so furchtbar erschreckte, daß es sie beinahe von ihren Stilettabsätzen warf. Sie schrie auf, versuchte sich verzweifelt auf den Beinen zu halten und bekam kaum mit, wie Riccardo im Davonlaufen noch entschuldigend den Arm hob und »*Scusi*, Signora, *scusi*!« stammelte.

Als Signora Talanto endlich ihr Gleichgewicht zurückgewonnen hatte, klopfte sie sich den Staub von den Kleidern und zog ihren kurzen Rock gerade. Dabei schimpfte sie voller Entrüstung vor sich hin. Marcello, der über die Mauer schaute, konnte sich ein Lächeln nicht verkneifen, bemühte sich aber sofort wieder ernst dreinzuschauen, als sie entrüstet zu ihm hochblickte. Er meinte, ein »unverschämt, diese Jugend von heute« zu verstehen, aber da bog der Lancia um die Mauerecke und verfehlte die Signora nur um Haaresbreite. Wie am Morgen lehnte sich der Fahrer anerkennend aus dem Fenster, grinste ziemlich frech und machte eine anerkennende Geste.

»Veramente, che bella, la Signora, bellissima!« Er schnalzte mit der Zunge und warf ihr eine Kußhand zu.

Signora Talanto bedeutete ihm mit der Hand, er möge verschwinden, und als er endlich mit einem Augenzwinkern Gas gab und weiterfuhr, rief sie ihm hinterher: »Sie müssen ja wohl ein ziemliches Problem haben!«

Für Marcello war es offensichtlich, daß sie nicht deshalb so aufgebracht war, weil man sie eben fast überfahren hatte, sondern weil sie jemand in einer solch peinlichen Situation erwischt hatte. So richtig mochte er nicht über die arme Frau lachen.

Nachdem er noch ein paar Minuten in seine Gedanken versunken auf der Mauer gewartet hatte, ließ er sich herabgleiten und machte sich auf den Weg, die Hauptstraße entlang, vorbei am Haus der Gamboccinis und schließlich in die Gasse, an deren dem Meer zugewandten Ende sein Zuhause lag. Er hatte das Gefühl, daß er irgend etwas Wichtiges übersehen hatte, irgend etwas Entscheidendes, das direkt vor ihm lag, das er aber einfach nicht erkennen konnte. Und er wußte, daß davon vielleicht sein ganzes Glück abhängen würde.

Freitag

Die Sonne, die am nächsten Morgen unwillig über den Horizont lugte, schien noch genauso verschlafen zu sein wie das sich friedlich in seine Hügel schmiegende Dorf. Doch schon bald würde es wieder ein herrlicher Tag werden, mit einer leichten Brise vom Meer her und dem Versprechen eines endlosen Sommers. Marcello wollte keine Minute dieses kostbaren Tages verpassen, vor allem den kurzen Augenblick der Morgenröte nicht, wo noch alles möglich schien in dem besonderen Licht der frühen Stunde, wo alle Geräusche seltsam gedämpft klangen und der Duft von Oleander und Orangenblüten in der Luft lag. Wie jeden Morgen hatte er noch im Dunkeln seinem Vater geholfen, das Boot für die Ausfahrt fertig zu machen, und nun wanderte er über die wie verzaubert daliegende Hauptstraße hinauf in Richtung des Gamboccini-Hauses. Sein Herz war voller Poesie, sein Blick verträumt, und mit dem Bleistiftstummel im Mundwinkel, dem abgewetzten Notizbuch in der Hand und dem Schulbuch unter dem Arm war er für den Tag gerüstet.

In der Ferne war noch der kleine Kutter seines Vaters zu erkennen, ein himmelblauer Fleck auf dem matten Bleigrau des morgendlichen Meeres. Marcello ließ sich auf seinen Lieblingsplatz fallen, den abgewetzten Stein in der Mauer gegenüber dem Fenster, hinter dem sie in tiefem Schlaf liegen mußte. Elena. Ob sie überhaupt von seiner Existenz wußte? Ob sie vielleicht gar von ihm träumte, so wie er fast jede Nacht von ihr träumte?

Wie von selbst begann sein Bleistift über das Blatt zu kritzeln; in seinen Gedichten konnte er alles sagen, alles erreichen, in ihnen war er zu Hause. »Wie soll ich, meine Liebste, des Vaters Herz erreichen, mit welcher Gabe, die uns zusammenbringt? Wo sind sie denn, die Götter, wo ist das Himmelszeichen ...«

Plötzlich riß ihn ein durchdringender, triumphaler Hahnenschrei jäh aus all seiner Inspiration. Der Hahn im Garten von Bellini, dem Fleischer, begrüßte den Morgen.

Kaum versuchte Marcello sich wieder auf sein Gedicht zu konzentrieren, flog ein Stockwerk über ihm krachend das Fenster zu Signor Gamboccinis Schlafzimmer auf, der sich im Schlafanzug hinausreckte, mit der Faust in Richtung seines Nachbarn fuchtelte und brüllte: »Bellini! Schon wieder dieser verfluchte Hahn! Ich drehe ihm noch den Hals um! Bellini!«

Der Hahn schien dies eher als Herausforderung zu verstehen; jedenfalls ließ er seinen Rivalen besonders laut und beharrlich wissen, was er von ihm hielt.

Marcello stutzte. Vor Verblüffung ließ er fast den Bleistift fallen, und er schlug sich mit der flachen Hand vor den Kopf. »Kann man so blind sein? Ganz sicher, das gelingt!« In der Aufregung über den Blitz der Erkenntnis, der soeben bei ihm eingeschlagen hatte, bemerkte er nicht einmal, daß er unwillkürlich seinen Vers vollendet hatte.

Er sprang auf, stopfte Stift und Notizbuch in seine Gesäßtasche, klemmte sich das Schulbuch unter den Arm und hastete los, um das Haus der Bellinis herum, und spähte durch das Glas der Hintertür in den dunklen Flur hinein, in der Hoffnung, irgendein Lebenszeichen zu entdecken. Doch nichts war zu sehen, nicht der kleinste Laut zu hören, außer dem nun regelmäßig aus dem kleinen, grob zusammengezimmerten Käfig dringenden Hahnengeschrei. Marcello trat einen Schritt zurück und musterte die dunklen Fenster, immer noch hoffend, es könnte sich etwas regen. Tatsächlich, ganz oben ging hinter dem rechten Fenster ein Licht an. Das verlieh Marcello den Mut, zurück zur Hintertür zu gehen und zaghaft zu klopfen. Nichts tat sich, er klopfte lauter. Endlich schien auch im Flur Licht anzugehen, dann hörte man das schwere Stampfen eines massigen Menschen auf der Treppe, und schließlich öffnete sich die Tür.

Bellini. Seine massige Figur füllte den Rahmen fast komplett aus, einhundertfünfzig Kilogramm, verteilt auf üppige zwei Meter Körpergröße, in eine gestreifte Schlafanzughose gezwängt und in sein nicht ganz weißes geripptes Unterhemd, aus dem überall dickes, drahtiges schwarzes Haar quoll. Der Fleischer des Dorfes überragte Marcello wie ein Löwe das Kaninchen, das es gewagt hat, seinen Schlummer zu stören, und genauso wütend war er.

»Hast du eigentlich eine Ahnung, wieviel Uhr wir haben, Romero?« fuhr er den Jungen an, und es klang nicht so, als wollte er eine Antwort hören.

»*Scusi,* Signor Bel...«

Weiter kam er nicht, denn der Fleischer polterte los: »Wir sind nicht alle wie deine Familie, Kerl! Einige von uns stehen erst auf, wenn die Sonne am Himmel steht!«

»Signor Bellini, *scusi*, es tut mir leid«, sagte Marcello flehentlich.

»Was kann denn wohl so wichtig sein? Wofür reißt du mich so früh aus dem Schlaf? Ich hoffe für dich, daß du einen verdammt guten Grund dafür hast!«

Bellinis Zeigefinger, der die Größe einer kleinen Salami hatte, stach bedrohlich nach Marcellos Brust.

»Signor Bellini, ich muß unbedingt wissen ... Wenn Sie sich entschließen könnten, Ihren Hahn zu verkaufen, was würden Sie für ihn verlangen?«

Die Augen des Fleischers traten so stark hervor, daß Marcello jeden Augenblick fürchtete, sie könnten ganz herausspringen. »Was sagst du da? Deswegen hast du mich in aller Herrgottsfrühe aus dem Bett geworfen? Bist du eigentlich völlig verrückt geworden?«

Ohne ein weiteres Wort machte der riesige Mann auf dem Absatz kehrt, verschwand kopfschüttelnd im Haus und schlug Marcello die Tür vor der Nase zu.

»Verdammt!« Das sagte er in letzter Zeit ziemlich häufig, aber Marcello mußte seiner Enttäuschung Luft machen. Er schimpfte halblaut auf sich selbst. »Großartig hast du das gemacht, fast schon genial. Jetzt kannst du dein Rendezvous vollends vergessen!« Mit der Hand beschirmte er seine Augen gegen die ersten blendenden Strahlen der tiefliegenden Sonne und versuchte, durch den Geranienkasten vor dem staubigen Flurfenster etwas zu erkennen. Er konnte gerade noch Bellinis fleischige, nackte Füße ausmachen, die im oberen Stock verschwanden. Die Wände schienen wieder unter dessen Schritten zu erzittern. Marcello zögerte kurz. Schließlich setzte er sich unter den Zitronenbaum direkt gegenüber der Hintertür auf die niedrige Gartenmauer und wappnete sich in Geduld. Irgendwann würde Bellini in seinen Laden gehen, und er würde sich nicht von der Stelle rühren, bis er noch einmal mit ihm geredet hätte.

Eine gute Stunde später kündigte das laute Knarren der Treppe Bellinis erneutes Auftreten an. Die Tür schwang auf, und Bellinis imposante Gestalt schob sich durch den Rahmen. Sobald er Marcello gewahr wurde, knurrte er unwillig, warf die Tür krachend hinter sich zu und stapfte mit wütenden, weit ausgreifenden Schritten zur Hauptstraße. Der Junge sprang auf die Füße und machte sich, ohne zu zögern, an die Verfolgung. Wenn es um das Glück ging, mußte man es auch mit einem Löwen aufnehmen.

Das eben noch so verschlafene Dorf schickte sich an, geschäftig seinen Tag zu beginnen. Die Gitter vor den Läden wurden geräuschvoll hochgezogen, und der Besitzer des kleinen Cafés stellte die ersten Korbstühle nach draußen. Marcello mußte rennen, um am Brunnen endlich den Mann einzuholen, von dem sein Schicksal abhing. Ungläubig starrte Bellini ihn an.

»Junge, du hast wirklich ein Problem!«

»*Scusi,* Signor Bellini, aber …«

»*Scusi,* du mit deinem *scusi* … Gar nichts entschuldige ich!«

»*Scusi«,* entfuhr es Marcello erneut, ehe er wußte, was er tat, und Bellini schnaubte wie ein wütender Büffel. Mit noch größeren Schritten versuchte er, seine Fleischerei zu erreichen, ohne weiter auf diesen lästigen Störenfried zu achten.

»Signor Bellini, es tut mir wirklich leid, daß ich Sie so früh zu Hause überfallen habe, und ich entschuldige mich dafür. Ich weiß, das hätte ich nicht tun sollen.« Marcello stolperte fast bei dem Versuch, Schritt zu halten.

Der Metzger schüttelte nur unwillig den Kopf und stapfte weiter. Welcher Teufel hatte diesen Bengel bloß geritten, wie konnte er nur so dreist sein?

Marcello versuchte es erneut. »Aber ich wäre Ihnen furchtbar dankbar, wenn Sie noch einmal über meinen Vorschlag mit Ihrem Hahn nachdenken wollten. Es ist lebenswichtig für mich, und es muß doch auch etwas geben, was Sie dringend haben wollen, irgend etwas. Jeder hat etwas, das er unbedingt haben möchte, und die Dinge sollten eigentlich denen gehören, die sie am dringlichsten wünschen. Was wünschen Sie sich?«

Bellini blieb so abrupt stehen, daß Marcello beinahe in ihn hineingerannt wäre. »Was ist an diesem verfluchten Hahn so wichtig für dich, Romero?« blaffte er. Doch bevor Marcello auch nur Luft holen konnte, sagte er: «Halt, erklär's mir nicht, ich will es gar nicht wissen.« Dann ließ er Marcello stehen und stampfte zu seinem Laden. Dort erwartete ihn bereits eine Gruppe schwatzender Hausfrauen, die ihn mit einem fröhlichen »*Buon giorno,* Signor Bellini« begrüßten, doch er bahnte sich, eine unfreundliche Erwiderung auf den Lippen, einen Weg durch seine Kundinnen und verschwand in seinem Laden.

Ich muß diesen Hahn bekommen, koste es, was es

wolle. Wenn ich das nicht schaffe, gewinne ich Elena nie, und dann bin ich sie auch nicht wert, dachte Marcello, ohne irgendeine Vorstellung davon zu haben, wie er es bewerkstelligen sollte.

Ein paar kleinere Schuljungen rannten an ihm vorbei, die Hauptstraße hinunter, in Richtung seiner Schule. Er reckte sich, um aus der Entfernung die Schuluhr an dem Türmchen des Gebäudes erkennen zu können. In genau diesem Augenblick rückte der Minutenzeiger auf die Elf.

»Fünf Minuten vor acht ... Was mache ich hier eigentlich? Wenn ich heute nicht in der Schule auftauche, wird Selinas mich vielleicht ganz hinauswerfen!« Ein letzter, verzweifelter Blick zur Tür der Fleischerei, dann machte sich Marcello mit hängendem Kopf auf den Weg zur Schule.

Riccardo und Paolo standen vor dem Schultor und warteten ungeduldig auf ihren Freund. Tito spielte etwas abseits mit seinem Ball, und vom Schulhof drang der übliche, allmorgendliche Lärm, der es kaum vorstellbar erscheinen ließ, daß derselbe Schulhof in wenigen Minuten still und verlassen daliegen würde.

»Wo, zum Teufel, bleibt er nur?« fragte Riccardo einmal mehr und spähte die Straße hinauf und hinunter, ohne eine Spur von Marcello zu entdecken.

»Ich weiß auch nicht, aber er sollte sich besser beeilen. Wenn er ausgerechnet heute zu spät kommt, wirft Selinas nicht mit Kreide, sondern gleich mit der Tafel.« Paolo zuckte zusammen, als die Schulglocke zu läuten begann, viel lauter als sonst, wie beide fanden, und viel zu früh.

Das morgendliche Chaos ordnete sich auf wundersame Weise, und alle drängten zur Schultür. Widerstrebend folgte Riccardo. Verzweifelt blickte er sich ein letztes Mal um, doch dann umfing ihn der Strom der Schüler und schob ihn die Treppe hinauf, vorbei am Hausmeister, hinein in den Schulflur. Noch einmal versuchte er, nach draußen zu schauen, doch die Schultür schloß sich erbarmungslos. Wer jetzt noch dort draußen war, der kam zu spät, basta. Leise verfluchte er Marcello, trat mißmutig vor einen Papierkorb und schlich hinter Tito und Paolo in die Klasse.

Auf der Flucht

Marcello war nicht sehr weit gekommen. Noch bevor das Schultor in Sicht kam, hatte er auf dem Absatz kehrtgemacht. Nun lief er zögernd zurück in Richtung Fleischerei, stutzte, als er hinter sich die Schulglocke hörte, und ging noch langsamer weiter.

»Was soll ich tun? Was soll ich nur tun?« murmelte er halblaut vor sich hin und kaute nervös auf seiner Unterlippe. Immer wieder blieb er stehen, wandte sich widerstrebend für zwei, drei Schritte zurück, um schließlich doch in Richtung der Fleischerei weiterzugehen. In ihm tobte ein heftiger Kampf. Das, was er für die Stimme der Pflicht hielt, versuchte ihn zur Umkehr zu bewegen. »Wenn du nicht sofort zurückgehst, hast du es dir mit Selinas endgültig verdorben. Du weißt, was das für ihn bedeutet. Wenn du am Ende niemals auf die Universität gehen darfst, kannst du all deine hochfahrenden Träume begraben!«

Unwillkürlich war er wieder am Hafen angelangt. Mißmutig wegen seiner eigenen Unentschlossenheit trat er gegen einen Eimer mit rostroter Farbe und warf ihn dabei beinahe um. Hinter dem Boot, das umgedreht auf zwei hölzernen Böcken neben der Hafenmauer ruhte, tauchte der Kopf des alten Salvatore auf, der seinem Sohn half, dessen Boot instandzusetzen. Gutmütig drohte er Marcello mit einem von Farbe tropfenden Pinsel und meinte mit einem zahnlosen Lächeln: »Marcello, was ist los mit dir? Geh deinen Weg mit offenen Augen, denn wer nicht weiß, wohin er geht, der geht immer fehl.«

»*Grazie,* Salvatore, Sie haben mir sehr geholfen!« Verblüfft sah der alte Mann, wie Marcellos Gesicht sich aufhellte, wie er seinen Schritt beschleunigte und dann entschlossen zu Signor Bellinis Fleischerei lief. »Die soll mal einer verstehen, diese jungen Kerle von heute«, meinte er kopfschüttelnd, kratzte sich am Nacken und wandte sich wieder seiner Arbeit zu.

Marcello hatte Glück, Bellini war allein im Laden und hackte gerade Kalbsfüße.

»Signor Bellini, ich muß …«

Weiter kam er nicht, denn der Fleischer machte Anstalten, mit erhobenem Beil hinter seinem Tresen hervorzukommen. Marcello trat den Rückzug an. Er war gerade schnell genug, um dem Stück Kalbsknochen auszuweichen, das Bellini wütend hinter ihm herschleuderte. »Und bleib ja weg von meinem Laden, hast du mich verstanden?« Mit zornrotem Kopf warf der Fleischer seine Ladentür so schwungvoll hinter sich zu, daß man hörte, wie das emaillierte »Geöffnet«-Schild mit lautem Scheppern auf die blankgescheuerten Fliesen fiel.

Marcello, der bei seiner überhasteten Flucht gestolpert war, klopfte sich den Straßenstaub aus den Hosen und rief trotzig zu der geschlossenen Tür: »Ich werde wiederkommen!« Der einzige, der ihn hörte, war ein streunender Hund, der sich den Kalbsknochen geschnappt hatte. Er legte sich neben Marcello, kaute zufrieden an seiner vom Himmel gefallenen Beute und machte den Eindruck, als sei ihm alles andere gleichgültig. Nie seit dem Weggang seiner Mutter hatte sich Marcello so alleine gefühlt.

Es sah so aus, als sollte in der Schule die übliche Morgenroutine ihren Lauf nehmen. Riccardo war der einzige, der schon in seiner Bank saß, als Signor Selinas hereinstürmte. Ohne die Klasse anzusehen, griff der Lehrer zur Kreide und schrieb in großen schwungvollen Buchstaben das Wort VERANTWORTUNG an die Tafel. Über die Schulter hinweg erklärte er: »Nachdem wir gestern über die allgemeinen Grundlagen für das Werden unserer Nation gesprochen haben, wollen wir heute die Haltung des einzelnen beleuchten. Einige von Ihnen können vielleicht mit diesem Wort weniger anfangen, nicht wahr, Signor Romero?« Er klopfte sich die Kreide von den Fingern und wandte sich um. Mitten in der Bewegung erstarrte er: Marcello Romeros Platz war leer.

Riccardo, Tito und Paolo duckten sich unwillkürlich; sie fürchteten für den Freund das, was nun kommen mußte. Die anderen blickten mit einer Mischung aus beklommener Neugier und banger Erwartung nach vorn zum Pult. Nur Armond schien sich großartig zu amüsieren. Er verschränkte betont gelassen die Arme hinter dem Kopf, lehnte sich so weit zurück, daß sein Stuhl umzufallen drohte, und grinste so zufrieden, als sei er Ehrengast bei einer höchst unterhaltsamen Theaterpremiere.

»Darf man vielleicht erfahren, wo sich unser Freund Romero in diesem Augenblick befindet?« Der Stimme des Direktors war anzuhören, daß er sich nur mühsam beherrschte. Jeder hatte das Gefühl, Selinas' unheilverkündende Augen ruhten gerade auf ihm, doch Riccardo wußte, sie würden ihn suchen.

»Können Sie möglicherweise zur Aufklärung des unentschuldigten Fernbleibens Ihres Kollegen beitragen?«

Richtig, ihn fixierte der Blick, und die hochgezogene Augenbraue verriet ihm, daß er nun keinen Fehler begehen durfte.

»Ich weiß auch nicht, Signor Selinas«, erwiderte Riccardo nervös. »Vielleicht hat er ja Probleme mit dem Wetter?«

»Gestern wirkte er noch kerngesund, und von welchem Wetter sprechen Sie eigentlich? Nein, er wird nichts anderes haben als seine chronische Unzuverlässigkeit! Aber das wird ihm noch leid tun ...«

Riccardo versuchte verzweifelt, seinem Freund zu helfen. »Vielleicht ist es doch etwas Ernsteres. Ich habe ihn schon heute morgen am Hafen nicht gesehen, und sonst ist er immer da.«

»Aber ich habe ihn gesehen, und ich fand, er sah vollkommen gesund aus«, mischte sich Armond ein und nahm dafür den stummen Applaus seiner Anhängerschaft entgegen.

»Danke, Cessero, aber ich hatte Sie nicht um Ihre Meinung gebeten.« Signor Selinas würdigte Armond keines Blickes, sondern schaute unverwandt Riccardo an, so als versuche er, direkt hinter seine Stirn zu sehen.

Im nächsten Augenblick öffnete sich zögernd die Tür, alle blickten erwartungsvoll nach vorn, doch statt ihres vermißten Mitschülers erschien die schmächtige Gestalt von Signor Copello, dem neuen, jungen Hilfslehrer. Schüchtern erklärte er: »Entschuldigen Sie vielmals die Störung, Herr Direktor, aber ich weiß nicht, wo ...«

»Ja, ja, schon in Ordnung, ich brauche Sie jetzt sowieso. Der junge Romero ist ausgerechnet heute dem Unterricht ferngeblieben, und dieser Angelegenheit muß ich umgehend auf den Grund gehen. Sie werden mich hier bitte solange vertreten.« Und schon hatte er sich an dem verblüfften jungen Mann vorbei durch die Tür gedrängt und war verschwunden.

Copello trat mit zögernden Schritten ans Pult, blickte in die Runde, räusperte sich und fragte dann, als wolle er niemanden stören: »Kann mir jemand sagen, womit Sie sich heute beschäftigen wollten?«

Auf der Stelle fingen alle an zu reden, nur sprach niemand mit dem Hilfslehrer. Keinen hielt es an seinem Platz, und Signor Copello wirkte in dem ganzen Durcheinander wie ein Mitschüler, der von den übrigen gemieden wird. Er tat Riccardo fast leid, aber zugleich wußte er, daß sein bester Freund ein viel größeres Problem hatte. Wie nur konnte er Marcello helfen?

Marcello saß am äußersten Ende der Hafenmauer, in Sichtweite der Fleischerei, und beobachtete, wie die Ladentür sich öffnete und schloß. Mal kamen die Kundinnen kurz hintereinander, mal dauerte es eine Weile, ehe sich wieder etwas rührte, doch jedesmal, wenn Marcellos

Kopf erwartungsvoll hochfuhr, war es wieder nur eine Hausfrau mit einer Basttasche voller *mortadella*, *prosciutto* oder *vitello*. Der Fleischer blieb in seinem Laden, unerreichbar für Marcello, und unerreichbar blieb Elena, denn ohne den Hahn von Signor Bellini würde er am Samstag nicht die geringste Chance haben.

Signor Selinas stürzte aus der Schultür, nahm auf der Treppe gleich zwei Stufen auf einmal und hastete durch das Tor hinaus in die Gasse. Draußen blickte er sich nach allen Seiten um, als erwarte er irgendwo Marcello zu sehen, dann machte er sich entschlossen auf den Weg zum Haus der Romeros. »Ich lasse mir doch nicht die Chance verderben, Sangorino zu schlagen! Der wird mich kennenlernen ...« Der Direktor ließ sich auch nicht dadurch beirren, daß ihn jeder, dem er begegnete, sonderbar ansah. Selbstgespräche waren manchmal die einzige Möglichkeit, nicht an dem zu ersticken, was ihn bewegte.

Nach wenigen Minuten war er an dem Fischerhäuschen mit den freundlichen, meerblauen Fensterläden angelangt. Schwer atmend von dem eilig zurückgelegten Weg klopfte er an die verwitterte Tür, die so aussah, als habe sie schon manchem Sturm getrotzt. Als nicht gleich eine Antwort kam, pochte er voller Ungeduld erneut, so lange, bis ihn die Knöchel schmerzten. Schließlich preßte er sein verschwitztes Gesicht an die Scheibe des Fensters, hinter dem er Marcellos Zimmer vermutete, schirmte die Augen gegen die blendenden Sonnenreflexe ab und versuchte zu erkennen, ob sich irgend etwas regte. Dann wandte er sich ab, und seinem entschlossenen Ausdruck nach war er keineswegs bereit, sich mit dieser Niederlage abzufinden.

Marcello hielt es mittlerweile nicht mehr auf seinem Beobachtungsposten aus. Voller Unruhe lief er an der Hafenmauer hin und her, ohne die Tür zur Fleischerei auch nur einen Moment aus den Augen zu lassen. Dutzende von Kundinnen hatten sie mittlerweile passiert, doch Bellini war in der Festung seines eigenen Ladens weiterhin nicht zu fassen. Marcello brauchte dringend einen neuen Plan, wenn er doch noch an den kostbaren Vogel kommen wollte. Aber was konnte er noch tun?

Da flog mit einem Mal die Fleischereitür auf, und Signor Bellini trat blinzelnd ins Sonnenlicht, eine kleine lederne Tasche in der Hand. Gegen die Sonne hatte er Marcello offenbar nicht gesehen, denn nachdem er mit zusammengekniffenen Augen einmal in die Runde geblickt hatte, nickte er befriedigt und machte sich gemessenen Schrittes auf den Weg ins Dorf. Marcello folgte zunächst in respektvoller Distanz, doch dann beschloß er, alles auf eine Karte zu setzen.

»Signor Bellini!« Er lief über die Straße und wollte dem massigen Mann den Weg verstellen. Doch im gleichen Moment bog dieser nach rechts ab, stieß die Tür zu der kleinen Filiale der Banca di Genova auf und verschwand in dem dunklen Kassenraum, nicht ohne Marcello vorher über die Schulter noch einen drohenden Blick zuzuwerfen.

Enttäuscht kehrte Marcello zu seinem Platz auf der Hafenmauer zurück. Doch nicht einmal der furchteinflößende Fleischer konnte das Bild Elenas vertreiben, das er die ganze Zeit in sich trug, Elena, wie sie sich umdrehte, wie für einen Wimpernschlag ihre Augen mit den seinen zusammentrafen und er das Gefühl hatte, er könne in ihre Seele schauen. Er würde nicht aufgeben, nicht, wenn es um sein Glück ging.

Der Handel

Bellini hatte vermutlich gleich bei der Bank mit ihm gerechnet. Daher war er auf nichts vorbereitet, als Marcello ihm erst hinter der Hafenmauer in den Weg trat und entschlossen sagte:

»Signor Bellini, bitte schenken Sie mir nur eine Minute Ihrer Zeit.«

Zunächst sah es so aus, als wolle der Fleischer ihn einfach beiseite schieben und weitergehen. Dann schien er sich eines besseren zu besinnen – auf die Weise war er den jungen Mann bisher nicht losgeworden, und die Wahrscheinlichkeit war nicht sehr groß, daß sich daran etwas ändern würde. Bellini blieb stehen, und in seinem Gesicht begann es zu arbeiten.

»Was willst du von mir, Romero?«

»Ich muß unbedingt Ihren Hahn haben. Ich brauche ihn …«

»In Ordnung, du sollst das verdammte Tier bekommen.«

Marcello glaubte seinen Ohren nicht zu trauen. Sollte er wirklich am Ziel sein?

»Allerdings mußt du auch etwas für mich tun.« Bellini lächelte boshaft. »Du hast mich gefragt, was ich mir wünsche. Nun, seit langer Zeit wünsche ich mir nichts sehnlicher als eine Flasche von dem Elixier der Schwestern

Calonne. Es soll für den Magen Wunder wirken, und wenn du mir dazu verhilfst, gehört der Hahn dir. Aber solange du diesen Wundertrank nicht hast, läßt du mich gefälligst in Ruhe. Ist das klar?« Zufrieden setzte Bellini seinen Weg fort und verschwand pfeifend in seiner Fleischerei. In ihm hatte dieser hartnäckige Störenfried seinen Meister gefunden. Sollte er ruhig versuchen, den Schwestern eine ihrer kostbaren Flaschen abspenstig zu machen.

Marcello stand noch Minuten wie versteinert da, nachdem Bellini die Tür hinter sich zugezogen hatte. Bei dem Hahn hatte er wenigstens noch eine Chance gehabt, bei dem Likör der Schwestern Calonne hatte er keine.

Jeder im Dorf kannte die Geschichte des Elixier China Calonne, jenes unvergleichlichen Likörs, den die Schwestern früher nach einem uralten Familienrezept aus Chinarinde, Orangenschale, seltenen Kräutern und dem feinsten Alkohol aus dem eigenen Weinberg hergestellt hatten. Die Produktion war mühsam, da alles selbst gesucht und mit der Hand bereitet werden mußte, und so war auch in den besten Zeiten nie eine Flasche zu kaufen gewesen. Wem aber je das Glück zuteil geworden war, zu dem exquisiten Trank eingeladen zu werden, der schwor, daß er noch nie etwas Köstlicheres genossen habe. Da die Ingredienzen fast alle bekannt waren, hatten immer wieder einmal Likörfabriken der Umgebung versucht, eine Nachahmung auf den Markt zu bringen; sie alle aber waren an der Zusammensetzung der Kräuter gescheitert.

Nach dem Tod ihres geliebten Bruders hatten die

Schwestern das Likörmachen aufgegeben, nie aber jemandem das Rezept weitergegeben. Einmal im Jahr, zum Fest des Schutzpatrons ihres Dorfes, spendeten die beiden allerdings eine der immer kostbarer werdenden Flaschen für die Feierlichkeiten, und in jedem Jahr warteten alle gespannt, ob auch dieses Mal noch eine Flasche übrig sei.

Marcello riß sich aus seiner Erstarrung los. Gut, die Aufgabe schien unmöglich zu bewältigen. Aber er durfte nicht resignieren, nicht, wenn es um Elena ging. Außerdem hatten ihn die beiden alten Schwestern immer gemocht. Warum sollte er es also nicht versuchen? Mit neuem Mut machte er sich auf den Weg, hinaus aus dem Dorf, zum Anwesen der Schwestern Calonne.

Signor Copello hatte mittlerweile jeden Versuch aufgegeben, in das Chaos einzugreifen, das diese jungen Männer veranstalteten. Sie hörten einfach nicht auf ihn. Offensichtlich waren sie in der Schule sowieso längst fehl am Platze und hätten ihre Kräfte besser in harter körperlicher Arbeit erprobt. Der unglückliche Hilfslehrer beschied sich damit, den Lärm zu dämpfen, so gut es eben gehen wollte, und die schlimmsten Schäden an der Einrichtung zu verhindern.

Als er bei einem lautstarken Streit darüber, wer der begehrenswerteste Filmstar sei, Anna Magnani oder die blutjunge Silvana Mangano, zu schlichten versuchte, nutzte Riccardo die Gunst des Augenblicks und lief zur Tür.

»Es tut mir leid, ich muß dringend zur Toilette!« Noch ehe Signor Copello etwas erwidern konnte, war er schon auf dem Flur und zog die Tür hinter sich zu. Draußen lief er sofort los, hinaus aus dem Schulhof und die Hauptstraße hinunter. So sehr er auch Ausschau hielt, weder Marcello noch Signor Selinas waren zu entdecken. In immer noch beträchtlichem Tempo kam er an der Fleischerei vorbei und wollte sich gerade in Richtung von Marcellos Haus wenden, als er auf der Straße, die aus Camogli hinausführte, seinen Freund entdeckte, der ebenfalls zügig voranschritt.

In vollem Lauf nahm er die Abzweigung und jagte hinter Marcello her. Er konnte nicht sehen, wie sich weiter unten auf der Hauptstraße Signor Selinas von der anderen Seite Bellinis Laden näherte. Allerdings kam er weit langsamer voran als Riccardo, da er andauernd stehenblieb und in jede einzelne Seitengasse spähte. Bei der letzten Gasse vor der Fleischerei hielt er inne, schien einen Verdacht zu schöpfen und bog schließlich mit entschlossenen Schritten hinein.

Riccardo war mittlerweile völlig außer Atem. Er merkte, daß er auf diese Weise Marcello nicht so bald einholen würde und blieb stehen, um erst einmal nach Luft zu schnappen. Die Hände auf die Knie gestützt, rief er schließlich, so laut er konnte: »Marcello, warte auf mich!«

Verblüfft wandte sein Freund sich um. Widerstrebend wartete er, immer ein paar Schritte rückwärts laufend, bis Riccardo bei ihm war. »Was, zum Teufel, machst du denn hier?«

»Ich könnte dich das gleiche fragen. Bist du dir überhaupt darüber im klaren, in welchen Schwierigkeiten du steckst?«

Marcello schien ihn überhaupt nicht zu hören. Er war viel zu aufgeregt und mußte seinen besten Freund unbedingt teilhaben lassen an seiner neuen Hoffnung.

»Ich habe die Lösung! Heute morgen ist mir alles klargeworden, als ich vor Elenas Haus saß!«

Riccardo packte ihn bei den Schultern und schüttelte ihn. »Die Lösung? Wach endlich auf! Du hast jetzt ganz andere Probleme. Selinas ist unterwegs und sucht nach dir. Er hat den armen Copello allein bei der Klasse gelassen, und wenn er dich hier draußen findet … *Capisce?*«

Im selben Moment erblickte Marcello den Direktor, der aus der Gasse wieder auf die Hauptstraße trat, glücklicherweise aber zunächst in Richtung Hafen schaute. Hastig schob er seinen widerstrebenden Freund in den Straßengraben, wo ein wilder Lorbeerbusch ein wenig Deckung bot.

»Was soll denn das jetzt?« protestierte Riccardo, der beinahe hingefallen wäre, doch Marcello bedeutete ihm zu schweigen.

»Sei still, da ist Selinas, dort, bei der Abzweigung!«

Vorsichtig hielten sie Ausschau. Prüfend suchte der Direktor den Weg ab, den sie soeben gekommen waren. Für einen Augenblick sah es so aus, als wolle er auch abbiegen, aber offenbar hatte er sie doch nicht entdeckt. Erleichtert konnten die beiden beobachten, wie Selinas wieder der Hauptstraße folgte und schließlich in Höhe der Bank aus ihrem Blickfeld verschwand

Als wäre es das Selbstverständlichste der Welt, machte sich Marcello sogleich wieder auf den Weg. Riccardo hatte Mühe, mit ihm Schritt zu halten.

»Würdest du mir vielleicht endlich erklären, was in dich gefahren ist?«

»Sieh mal, ich hatte gar keine Wahl. Es mußte heute morgen sein. Ich habe Bellini auch schließlich dazu bekommen, mir den Hahn zu versprechen, aber jetzt brauche ich eben das Elixier.«

Riccardo hielt Marcello am Arm fest und blieb mit ihm mitten auf der Straße stehen. »Einen Moment mal. Was für ein Hahn? Welches Elixier? Wovon redest du überhaupt?«

»Habe ich doch gesagt. Heute morgen ist es mir schlagartig klargeworden. Dieser verdammte Hahn reißt ihn jeden Morgen aus dem Schlaf!«

»Wen?«

»Elenas Vater!« Am liebsten wäre Marcello weitergelaufen, aber Riccardo hielt ihn weiter am Arm fest. Ungeduldig erklärte er: »Jeden Morgen kräht Bellinis Hahn in aller Herrgottsfrühe und macht Gamboccini fast wahnsinnig. Da ist mir plötzlich klargeworden: Wenn ich ihm diesen Hahn bringen kann, wäre dies das großartigste Geschenk für ihn, und er würde mich bestimmen, mit Elena auszugehen. Das ist meine Chance – die einzige, die ich habe. Nur wollte mir Bellini den Hahn natürlich nicht geben, und es hat bis eben gedauert, ihn zu überreden. Aber er will eine Flasche vom Elixier der Schwestern dafür.« Und schon war Marcello wieder unterwegs.

»Den Likör?« fragte Riccardo entgeistert und lief hinter ihm her. »Ich glaube, du träumst! Du weißt doch genau, daß daraus nichts wird! Wieviel Geld hat man den Schwestern schon geboten, und was hat es außer der einen, kostbaren Flasche im Jahr zu Ehren des Heiligen Ginepro gegeben? Nichts, gar nichts. Glaubst du, jetzt brauchst du bloß anzuklopfen und freundlich um eine Flasche zu bitten, und schon wird alles gut? Wach auf! Bellini hat dich reingelegt! Er wollte dich bloß loswerden, und du bist darauf reingefallen. Er weiß genau, daß du keine Chance hast!«

Abrupt blieb Marcello stehen. Ernst blickte er seinen Freund an, und Riccardo begriff mit einem Mal, daß alle Argumente nichts zählten angesichts dessen, was Marcello tun mußte.

»Ich weiß, wie unmöglich das erscheint. Aber für Elena würde ich mich auch von diesen Klippen stürzen, wenn es irgend etwas nützen würde. Das heißt aber nicht, daß du hinterherspringen mußt!« Und schon wandte er sich um und nahm seinen Weg wieder auf.

»Für was für einen Freund hältst du mich eigentlich? Glaubst du vielleicht, ich könnte mitansehen, wie all deine Träume zerstört werden? Dann säße ich jetzt sicher in der Schule und würde mich höchstens dafür interessieren, was sie sich für den armen Copello alles ausdenken.«

Sie waren mittlerweile bei einem großen, alten Eisentor angelangt, dessen mit geschmiedetem Weinlaub verzierte Flügel halb offenstanden. Marcello umarmte seinen Freund kurz. »Paß auf, daß Selinas dich nicht erwischt!« Dann betrat er den von Mohn überwachsenen Kiesweg, der zwischen hochgewachsenen Zypressen hinauf zu der großen, etwas heruntergekommen wirkenden alten Villa der Schwestern Calonne führte, und ging auf die Freitreppe zu, deren ehemals pastellfarbener Anstrich überall abblätterte.

Riccardo blickte ihm einen Augenblick nach, dann rief er ihm hinterher: »Viel Glück! Ich versuche dich heute mittag wieder zu treffen, und dann erzählst du mir, wie es dir ergangen ist. In Ordnung?«

Ohne sich umzudrehen, winkte Marcello seinem Freund noch einmal zu. Er wußte, er würde die Worte nicht finden, um klarzumachen, wieviel es ihm bedeutete, daß er doch nicht ganz allein war.

Als Riccardo schon ein Stück weit die Straße hinunter war, immer vorsichtig nach Signor Selinas Ausschau haltend, hörte er weit hinter sich das gedämpfte Läuten der alten Türglocke und dachte: »Zeig ihnen, was nur ein Träumer schaffen kann. Zeig es ihnen!«

Die Schwestern

Marcello lauschte dem verhallenden Klang der Messingglocke hinterher und blickte sich um. Das ganze Anwesen wirkte wie ein von Blüten übersätes, verwunschenes kleines Paradies. Fröhliche bunte Finken nutzten den großen, marmornen Brunnen mitten in der Auffahrt als Vogelbad; seine Fontäne funktionierte schon seit vielen Jahren nicht mehr, aber irgend jemand sorgte dafür, daß immer etwas Wasser auf dem Boden stand. Das steinerne Geländer der Vortreppe war von üppigen, blau blühenden Glyzinienranken überwuchert. Ein ganzes Bienenvolk schien sich summend darin zu beschäftigen, und der betäubende Duft ihrer Blüten machte Marcello leicht schläfrig.

Als er erneut an dem fein ziselierten Griff der Türglocke ziehen wollte, öffnete sich knarrend der schwere Türflügel. Rosetta Calonne blinzelte ins grelle Sonnenlicht, kniff die Augen zusammen, und als sie ihn erkannte, strahlte sie über das ganze Gesicht.

»Oh, Marcello! Was für eine nette Überraschung!« Über die Schulter gewandt, rief sie irgendwo ins Dunkle: »Es ist der Romero-Junge!«

Dann wandte sie sich wieder dem unverhofften Besuch zu. Mit einem Lächeln, zu dem er sich nicht erst zwingen mußte, sagte Marcello: »*Buon giorno,* Rosetta. Ich habe eine große ...«

»Komm doch erst einmal herein. Dann kannst du in Ruhe erzählen, was dich zu uns führt.«

Widerstrebend folgte ihr Marcello durch die kühle, marmorgeflieste Vorhalle zu dem Wintergarten im hinteren Teil des Hauses. Er wollte nicht unhöflich sein, aber er hatte auch keine Zeit zu verlieren.

Das immer noch gedämpfte Licht im Wintergarten wirkte fast grell im Vergleich zu der gänzlich unbeleuchteten Vorhalle, an deren Wänden Marcello nur die golden schimmernden Rahmen großer Ölbilder hatte erahnen können, vermutlich Generationen jener Familie, die mit den beiden kinderlosen Calonne-Schwestern nun zu Ende ging.

Im Wintergarten war es fast so warm wie draußen, nur weitaus feuchter. Hunderte tropische Pflanzen in allen Formen und Farben wucherten hier dem Licht der bunten, bleiverglasten Fenster entgegen. Mitten unter ihnen saß Leonora Calonne in ihrem Lieblingsstuhl, einem enormen, antiken Korbsessel mit zahllosen Kissen, in denen die zierliche, wie immer schwarzgekleidete alte Frau fast verschwand. Draußen erkannte man verschwommen die Umrisse der sich anschließenden Weinberge, welche die Schwestern kaum noch bewirtschaften ließen, und Marcello fragte sich für einen Moment, wann in der Vergangenheit sich das Leben der Schwestern wohl in die Richtung gewendet haben mochte, in der es schließlich verlaufen war.

Leonora empfing ihn mit demselben offenen, freundlichen Lächeln wie ihre Schwester. »Das ist aber nett von dir, daß du einmal vorbeischaust. Wir wollten gerade eine Limonade trinken. Leistest du uns Gesellschaft? Rosetta hat sie eben erst bereitet.« Sie wies auf einen Hocker neben sich, und Marcello blieb nichts anderes übrig, als sich zu ihr zu setzen.

Rosetta machte sich inzwischen mit einem großen Krug frischer Zitronenlimonade zu schaffen, in den sie gerade noch ein paar Blätter frisch gezupfte Minze hineingab. »So wird sie noch erfrischender, du wirst sehen!« Auf einem kleinen Tablett aus Olivenholz servierte sie drei schlanke, geschliffene Gläser mit köstlicher, kühler Limonade, dann setzte sie sich auf einem kleinen, gußeisernen Gartenstuhl zu ihnen.

»Wir bekommen in den letzten Jahren nur noch selten Besuch«, sagte Leonora, und es klang ein wenig melancholisch. »Aber wir freuen uns immer, wenn jemand den Weg zu uns hinaus findet, nicht wahr, Schwester?«

Rosetta nickte, und Marcello glaubte, nun sei der Moment gekommen, sein Anliegen vorzutragen. Doch Leonora sprach weiter. »Hast du gesehen, wie wundervoll es draußen ist? Noch blüht fast so vieles wie im Frühling, und in den Weinbergen könnte man jetzt im Frühsommer noch arbeiten, ohne daß es allzu heiß wird.« Man konnte sehen, daß sie weit in der Vergangenheit weilte. »Was waren das für Zeiten, als unser Gut noch voll in Betrieb war! Ein wundervoller Anblick, wenn mehrere Dutzend unserer Arbeiter zugleich die jungen Reben banden und zurechtschnitten. Du bist zu jung, du wirst dich nicht mehr entsinnen ... Heute gehen uns noch zwei alte Knechte zur Hand, die das Nötigste erledigen. Ja, die Zeitläufte haben auch uns nicht verschont.«

Wieder nickte Rosetta zustimmend, und Marcello fühlte sich wie ein Eindringling in einer Welt, von der er nur ahnen konnte, daß sie einmal die Zukunft dieser beiden einsamen alten Damen in sich geborgen haben mußte. Unbehaglich nippte er an seiner Limonade; die Wärme und die unwirkliche Atmosphäre machten ihn noch schläfriger als der starke Blütenduft am Portal. Doch er hatte eine Aufgabe, er mußte sie zu Ende bringen.

»Leonora, Rosetta, eigentlich wollte ich fragen …«, begann er, jedoch keine der beiden schien ihn zu hören.

»Schwester, wie lange ist es her, daß wir die letzte richtige Ernte eingefahren haben?« fragte Leonora gedankenverloren.

»Das müssen inzwischen fünfzehn Jahre sein, fünfzehn lange Jahre. Und unser geliebter Vittorio ist auch schon fast sieben Jahre nicht mehr bei uns.«

Beide schienen sich vollends in jener Welt zu verlieren, die nur noch sie beide teilten, und Marcello wußte sich keinen Rat mehr. Er mochte die seltsamen Schwestern, aber er wollte genau um das Glück kämpfen, das den beiden im Leben nicht vergönnt gewesen war – oder das sie nicht hatten festhalten können.

Unvermittelt fragte Rosetta: »Mein Junge, wir schwatzen dir die ganze Zeit von vergangenen Tagen vor, wo du doch heute etwas auf dem Herzen hast. Nun, was wolltest du uns fragen?«

Marcello faßte sich ein Herz und beschloß, ganz offen

zu den Schwestern zu sein. Dann lag es an ihnen zu entscheiden.

»Ich wollte fragen, ob es irgendeine Möglichkeit gibt, an eine Flasche von dem berühmten Elixier zu kommen.«

Hätte er zugleich beide um ihre Hand gebeten, die Wirkung hätte nicht nachhaltiger sein können. Die alten Damen schauten ihn erschrocken an, dann hilfesuchend einander, so als wollten sie sich gegenseitig bestätigen, daß sie beide nicht richtig gehört haben konnten.

Rosetta faßte sich zuerst wieder. »Mein lieber Junge, weißt du, was du da verlangst? Seit unser Bruder nicht aus dem Krieg zurückgekommen ist, haben wir keinen Likör mehr gemacht. Keiner weiß es, aber ohne ihn war es vorbei mit unserem Elixier. Er war nämlich derjenige, der auf seinen Gebirgstouren die Kräuter zusammensuchte, nur er wußte, wo sie zu finden waren. Jedes Jahr an seinem Geburtstag öffnen wir eine Flasche auf sein Wohl, und eine Flasche bekommt das Dorf. Wir haben noch ganze achtzehn Flaschen im Keller. Wie alt dürfen wir noch werden, Marcello? Wie alt?«

Da legte sich beruhigend Leonoras Hand auf Marcellos Knie, sie blickte ihm forschend in die Augen, dann fragte sie sanft: »Warum bedeutet dir diese Flasche so viel? Du hast doch einen wichtigen Grund, oder?«

»Nun, die Sache ist so … Ich weiß, bei diesem alten Brauch geht es nicht um eine Verlobung, sondern nur um die erste, harmlose Verabredung. Aber es ist Elena, und morgen …«

»Elena, das ist die Tochter der Gamboccinis, von der

ich dir erzählt habe«, sagte Leonora ganz aufgeregt zu Rosetta.

»... morgen ist ihr sechzehnter Geburtstag«, fuhr Marcello fort. »Ich weiß, gegen all die Jungs mit ihren teuren Geschenken habe ich keine Chance, vor allem gegen Armond.«

Bei der Erwähnung dieses Namens warfen die Schwestern einander wissende Blicke zu.

»Nun weiß ich allerdings zufällig von etwas, das Elenas Vater unbedingt haben möchte. Ich bekomme es aber nur gegen eine Flasche von diesem seltenen Likör.«

»Wer hat denn die Flasche von dir verlangt?« wollte Leonora wissen.

»Signor Bellini.«

»Cretino!« meinten beide Schwestern wie aus einem Munde.

Dann ergriff Leonora wieder das Wort. »Wenn ich richtig verstanden habe, besitzt Bellini etwas, womit du die Verabredung mit Elena gewinnen kannst, gibt es dir aber nur, wenn du ihm eine Flasche von unserem Likör bringst. Und er ist sich sicher, daß dies eine unlösbare Aufgabe für dich ist. Stimmt das soweit?«

»Ja, ziemlich genau, so ist es.«

Leonora blickte Rosetta an, und beide schüttelten empört den Kopf. Dann verwandelte sich die Entrüstung bei beiden in ein mutwilliges Lächeln, zuerst bei Leonora, dann bei Rosetta. Es war, als könnten beide die Gedanken der jeweils anderen lesen.

»Marcello Romero«, sagte Leonora mit wichtiger Stimme. »Ich glaube, ich habe da eine Idee. Wenn du wirklich bereit bist, für dein Glück zu kämpfen, dann gibt es vielleicht eine Möglichkeit. Vittorio hatte sich zu seinem letzten Geburtstag einen wunderhübschen persischen Läufer gewünscht, aber als wir in den Laden gingen, um ihn zu kaufen, war er nicht mehr da. Signora Talocci hatte ihn am Tag zuvor für ihren Mann gekauft. Wenn du diesen Teppich für uns besorgen kannst, verzichten wir zu seinem nächsten Geburtstag auf die Flasche Likör und machen Vittorio das Geschenk, das er schon zu Lebzeiten haben wollte. Dann hättest du dir unser Elixier verdient. Was hältst du davon?«

Zufrieden über ihre großartige Idee schauten die Schwestern einander strahlend an. Dabei entging ihnen, daß Marcello Mühe hatte, seine Enttäuschung zu verbergen. Signora Talocci … Wenn es jemanden im Dorf gab, der mit den immer freundlichen alten Damen nicht auskam, war es Signora Talocci – seit nach dem Dorffest vor zwei Jahren ihr Mann gestorben war. Sie war überzeugt, daß der Likör der Schwestern Calonne die Ursache für den Tod des Mannes gewesen war, der zeit seines Lebens nie einen Tropfen Alkohol angerührt hatte und nur wegen der einmaligen Chance, vom Elixier zu kosten, eine Ausnahme gemacht hatte.

Wie sollte er Signora Talocci dazu bewegen, ausgerechnet diesen beiden Schwestern einen Gefallen zu tun?

Marcello merkte, wie erwartungsvoll ihn die Schwestern ansahen, und brachte es nicht über sich, sie zu enttäuschen. »*Grazie, mille grazie,* ich will sehen, was ich tun kann.« Dann leerte er sein Limonadenglas in einem Zug, gab beiden Schwestern die Hand und machte sich auf den Weg.

Rosetta, die ihn mit schlafwandlerischer Sicherheit durch den dunklen Flur hinausbegleitet hatte, rief ihm noch »Viel Glück!« hinterher und winkte, wie es eine Großmutter getan hätte, die von ihrem Lieblingsenkel besucht worden war. Dann kehrte sie zurück zu ihrer Schwester und berichtete ganz aufgeregt: »Ach, die erste Liebe ... Und zu so einem interessanten Mädchen! Mir ist inzwischen nämlich wieder eingefallen, was ich dir gestern von ihr erzählen wollte. Stell dir vor, ich war doch kurz in der Kirche, um eine Kerze für Vittorio anzuzünden, und da treffe ich ein paar von den Nonnen, die an der Mädchenoberschule unterrichten. Wir haben danach noch etwas geplaudert, und da haben sie mir ganz entrüstet von einem Mädchen erzählt, das zu Hause durchgesetzt hat, daß es an der Universität studieren darf: Elena Gamboccini. Es muß ein ziemlicher Kampf gewesen sein, aber sie hat es geschafft, obwohl ihr Vater strikt dagegen war. Ich hätte mich beinahe mit den frommen Damen gestritten, als ich fand, das sei doch großartig. Welche Chancen die heutige Jugend doch hat!«

Leonora blickte nachdenklich auf die volle blauweiße Blüte einer Passionsblume, von der sie wußte, daß sie nur einen Tag lang Bestand haben würde. Dann meinte sie leise: »Ich weiß nicht, ob die Jugend heute Chancen hat. Ich weiß nur, daß dieses Mädchen an sich selbst glaubt. Und ich hoffe, unser Freund Marcello glaubt auch an sich, denn dann glaubt er an das Glück. Damit er eher als wir beide erkennt, daß es allein darauf ankommt, habe ich ihm die Flasche nicht schenken wollen. Das war dir doch recht, oder?«

Still lächelnd legte ihr Rosetta eine Hand auf die Wange, und beide blickten versonnen durch jenes Bleiglasfenster nach draußen, das alles in einem hoffnungsvollen, leicht rosafarbenen Licht erscheinen ließ.

Die Jagd

Sobald sich das Portal der Villa hinter ihm geschlossen hatte, sprang Marcello die Vortreppe hinab. Ohne sich eine Pause zu gönnen, lief er den Weg nach Camogli hinunter. Erst an der Einmündung in die Dorfstraße machte er kurz halt, um zu verschnaufen. Instinktiv wandte er den Kopf nach rechts – zu seinem großen Erschrecken stand nur ein Stück weiter Signor Selinas im Eingang zur Banca di Genova. Glücklicherweise war der Lehrer so sehr in eine aufgeregte, von großen Gesten untermalte Diskussion mit deren Leiter vertieft, daß er ihn nicht sofort sah.

Ohne nachzudenken, setzte Marcello mit einem gewaltigen Schwung über die Hafenmauer. Er landete unsanft auf dem Rücken, wobei er noch von Glück sagen konnte, daß ein Haufen alter Fischernetze seinen Fall ein wenig dämpfte. Dennoch entfuhr ihm ein leiser Schmerzensschrei, weil er mit der rechten Schulter auf ein Bleigewicht gefallen war. Das würde einen gehörigen Bluterguß geben. Signor Selinas und der Mann aus der Bank verstummten abrupt und sahen sich um, konnten aber nicht erkennen, woher der seltsame Laut gekommen war, und nahmen ihre leidenschaftliche Unterhaltung wieder auf.

Vorsichtig spähte Marcello über die Mauer. Der Zweigstellenleiter deutete in Richtung der Straße, die zu den Schwestern Calonne führte. Signor Selinas bedankte sich mit einem Schulterklopfen und machte sich eilenden Schrittes auf den Weg. Als er eine knappe Armeslänge entfernt an Marcellos Versteck vorbeistürmte, hatte dieser das Gefühl, sein Lehrer müsse sein Herz pochen hören.

Nachdem zwei, drei Minuten verstrichen waren, überzeugte Marcello sich davon, daß weder Selinas noch der wachsame Filialdirektor auf ihn warteten. Dann stemmte er sich hoch auf die Mauer, suchte noch einmal all die Gassen ab, die er überschauen konnte, und ließ sich auf der anderen Seite hinabfallen. Hastig lief er an der Bank vorbei in Richtung Schule, erleichtert, abbiegen zu können, als er endlich die Gasse erreicht hatte, in der Signora Talocci wohnte.

Als die Glocke zur Zwölfuhrpause läutete, sank Signor Copello zerrüttet auf seinen Stuhl hinter dem Lehrerpult. Der letzte Schüler war bereits aus der Klasse, ehe das Läuten noch zu Ende war. So sah niemand mit an, wie er den Kopf auf die Arme sinken ließ und sich ganz dem Gefühl hingab, die schlimmste Niederlage seit dem Besuch des Lehrerseminars erlitten zu haben.

Das Läuten überraschte Riccardo gerade, als er sich auf den Hof der Schule schlich. Er war in einem großen Bogen außen um das Dorf herumgegangen und hatte sich das letzte Stück in Camogli nur durch Nebengassen geschlichen, um nicht von Signor Selinas aufgegriffen zu werden. Nun nutzte er die Gunst des Augenblicks, machte auf der Stelle kehrt und ließ sich mit der Woge nach Hause strebender, hungriger Schüler treiben. Er war schon fast um die Ecke verschwunden, als er lautstark seinen Namen rufen hörte.

Resigniert drehte er sich um. Aber es war nicht Copello, sondern Tito, der ihn fast gleichzeitig mit Paolo erreichte und ohne Umschweife fragte: »Willst du uns vielleicht endlich erklären, was hier gespielt wird? Wo ist Marcello? Wo bist du gewesen?«

»Für lange Erklärungen ist jetzt keine Zeit. Cello hat einen unwahrscheinlichen Plan, wie er die anderen bei dem alten Gamboccini ausstechen will. Er sieht nur Elena, alles andere ist ihm gleichgültig. Deshalb wird er auch mit Sicherheit Selinas in die Hände fallen, wenn ich ihm nicht zu Hilfe komme.«

»Und wie willst du das anstellen?«

Riccardo, der schon fast wieder auf dem Weg war, blieb noch einmal stehen. »Das weiß ich auch nicht. Aber wann braucht man einen Freund, wenn nicht in solch einem Moment?«

Paolo und Tito blickten einander an, nickten dann und klangen nicht einmal albern, als sie riefen: »Einer für alle, alle für einen!« Ohne Umschweife nahmen sie Riccardo in die Mitte und liefen gemeinsam los.

Es war purer Zufall, daß sie Marcello fanden. Genau in dem Augenblick, als er an der Tür von Signora Taloccis kleinem, im Schatten der kühlen Gasse liegendem Häuschen klingeln wollte, stürmten sie heran.

»Marcello!« rief Paolo verblüfft. »Was, zum Teufel, machst du hier?«

Marcello nahm die Hand von der Klingel und drehte sich um. »Die Schwestern haben sich darauf eingelassen!«

»Wovon redest du?« fragte Tito verständnislos.

Marcello ignorierte ihn und redete weiter, zu Riccardo gewandt: »Aber sie wollen den Perserteppich von Signora Talocci dafür ...«

»Wie willst du das denn fertigbringen? Du weißt doch, wie sehr sie die beiden haßt!«

Bei Riccardos Worten schauten Tito und Paolo einander fassungslos an. »Was für einen Perserteppich?«

Aber Riccardo redete weiter auf Marcello ein. »Als ob die am Tod ihres Mannes schuld gewesen wären ... Du kannst doch nicht ernstlich glauben, sie würde ...«

Marcellos Blick ließ ihn verstummen. Er drückte all die widerstreitenden Gefühle aus, die ihn aufwühlten: Verzweiflung, banges Hoffen und eine trotzige Entschlossenheit. Riccardo konnte nicht anders, er mußte seinen Freund bewundern.

»Schon gut, vielleicht hast du ja recht. Wenn du es bei den beiden Schwestern geschafft hast, dann könntest du es auch wieder schaffen.«

»Was denn schaffen? Könnt ihr vielleicht so reden, daß man auch etwas versteht?« Tito war völlig frustriert, doch noch immer kümmerten sich weder Riccardo noch Marcello um ihn.

»Aber du mußt jede Sekunde auf der Hut sein. Selinas ist immer noch auf dem Kriegspfad.«

»Ich weiß. Ich wäre ihm am Hafen schon beinahe in die Arme gelaufen.« Marcello verzog das Gesicht und rieb sich die schmerzende Stelle am Rücken, wo er sich bei dem hastigen Sprung über die Mauer bestimmt einen ordentlichen Bluterguß geholt hatte. »Jetzt ist er auf dem Weg zu den Schwestern, aber ich denke nicht, daß er eine Ahnung hat, worum es eigentlich geht.«

»Damit steht er verdammt noch mal nicht allein. Würdet ihr uns vielleicht endlich einweihen?« Tito war endgültig mit seiner Geduld am Ende, und sein Freund Paolo pflichtete ihm mit düsterer Miene bei: »Du machst lauter verrückte Sachen, erzählst aber nicht weshalb. Wie sollen wir dir da den Rücken freihalten?«

Marcello, der sich wieder zur Haustür umgewandt hatte und den Finger bereits auf den Klingelknopf legte, sagte über die Schulter hinweg: »Ich verstehe euch ja, aber für Erklärungen habe ich keine Zeit. Riccardo wird euch alles erzählen. Ich muß diese Sache zu Ende bringen.« Dann drückte er auf die Klingel, und im Haus erklang ein gedämpftes, melodisches Läuten.

Riccardo nahm Tito und Paolo bei den Armen und zog sie mit sanftem Druck in den nächsten Torbogen. Unwillig machten sich die beiden los, lugten um die Ecke und spähten durch die Agave, die den winzigen Vorgarten fast ausfüllte. Die Haustür ging auf, und bei Marcellos Anblick hellte sich Signora Taloccis Miene erkennbar auf. Sie trug wie üblich ein schlichtes schwarzes Baumwollkleid, das sie weitaus älter erscheinen ließ als ihre fünfundvierzig Jahre. Obwohl sie immer noch eine überaus hübsche Frau war, machte sie meist den Eindruck, als habe sie mit allem abgeschlossen, was das Leben fröhlich machen konnte, und fast mochte man meinen, sie trüge die Bürde ihres Daseins nur aus Pflichtgefühl.

»Marcello, wie schön, dich zu sehen. Komm doch herein!«

Marcello schenkte ihr sein freundlichstes Lächeln, verbeugte sich artig und sagte: »Sehr gern, wenn ich nicht ungelegen komme.«

Dann verschwand er im Hausflur, und die Tür ging hinter ihm zu, ohne ganz ins Schloß zu fallen. Wenn Riccardo die beiden nicht zurückgehalten hätte, wären Tito und Paolo umgehend hingelaufen, um ihr Ohr an den Spalt zu pressen und zu lauschen. So konnten sie gerade noch verstehen, wie Signora Talocci sagte: »Ich könnte mir vorstellen, daß du an so einem Tag gerne ein Glas kalter Limonade trinken möchtest. Ich wollte gerade welche bereiten. Du kannst mir ja in der Zwischenzeit erzählen, wie es euch so geht, dir und deinem Vater.«

Einen Moment später waren die beiden zu tief im Haus verschwunden, und man konnte nur noch das undeutliche Gemurmel ihrer Stimmen vernehmen.

»Wie macht er das nur?« fragte Riccardo seine Freunde, ohne eine Antwort zu erwarten. »Es wäre bestimmt alles viel leichter, wenn er sich in eine mittelalte Dame verliebt hätte. Die scheint er einfach um den Finger zu wickeln.«

Schließlich legte er seine Arme um die Schultern von Tito und Paolo und begann in verschwörerischem Ton, ihnen Marcellos unmöglichen Plan zu erklären.

Mit leeren Händen war Signor Selinas in die Schule zurückgekehrt, und entsprechend war seine Stimmung. Sie wurde nicht besser dadurch, daß er Signor Copello erst nach längerer Suche in Marcellos Klassenzimmer vorgefunden hatte, wo er immer noch hinter dem Lehrerpult saß und um seine Fassung rang. Mit Mühe hatte der Direktor sich dazu bringen können, den Klagen des jungen Hilfslehrers wenigstens mit halbem Ohr zuzuhören, doch schließlich unterbrach er ihn mit kaum verhohlener Ungeduld und sagte: »Es tut mir leid, Herr Kollege, wenn die Klasse Ihre pädagogischen Bemühungen nicht honoriert. Dennoch ist es von höchster Priorität, auch für das Renommee unserer Anstalt, daß der Schüler Romero heute noch seinen Aufsatz fertig stellt. Ich muß daher darauf bestehen, daß Sie auch heute nachmittag den Unterricht übernehmen, während ich herausfinde, wo der junge Mann abgeblieben ist. Daß so etwas ausgerechnet heute passieren muß ...«

Und schon war er wieder aus der Klasse geeilt, ohne Signor Copello auch nur die Chance zum Protest zu lassen. Aus dem Flur drang noch ein schneidendes »Und regieren Sie mit harter Hand! Sonst werden die Jungen Ihnen immer auf der Nase herumtanzen!«, dann verhallten die forschen Schritte in der Ferne.

Mit einem leisen, resignierten Seufzer legte Signor Copello den Kopf auf seine Arme und schloß die Augen.

In der Toreinfahrt neben Signora Taloccis Haus gelangte Riccardo eben an das Ende seiner Erklärungen. »Das hat er tatsächlich geschafft. Ich weiß nur nicht, was er Signora Talocci anbieten will ...«

In diesem Augenblick ging nebenan die Haustür auf, und ein sichtlich aufgeregter Marcello trat heraus.

»*Grazie,* Signora Talocci, *tante grazie!*«

»Gern geschehen, Marcello, und vergiß nicht, deinen Vater von mir zu grüßen. Bis bald!«

Damit schloß sich die Türe wieder, und keinen der drei hielt es mehr in der Toreinfahrt.

»Marcello, du hast es tatsächlich geschafft?« fragte Riccardo voller Staunen.

»Ihr seid ja noch immer hier! Nein, gar nichts habe ich geschafft.« Plötzlich klang Marcello wieder so mutlos wie in seinen verzagtesten Momenten. »Ich muß jetzt zu den Pellos.«

»Was? Noch einen Tausch? Das kann doch nicht wahr sein!« Riccardo mochte seinen Ohren nicht trauen.

»Ja, noch einen Tausch. Sie hat eingewilligt, trotz der angespannten Beziehungen zu den Schwestern, aber nur unter der Bedingung, daß ich ihr eine Schreibmaschine besorge – eine ganz bestimmte, die von den Pellos.«

»Wieso das? Können wir nicht versuchen, irgendwie eine andere Maschine zu besorgen?« wollte Paolo wissen.

Dankbar registrierte Marcello, daß auch Paolo »wir« gesagt hatte und nicht »du«.

»Nein, die Geschichte ist komplizierter. Den Teppich hatte sie von ihrem Mann zum Trost bekommen, als Pello ihm die Maschine weggeschnappt hatte. Das war in der schlimmen Zeit, als man selbst mit Geld so etwas nicht bekommen konnte. Dabei hatte sie immer Geschichten schreiben wollen, und ihr Mann hatte sie darin unterstützt. Wenn sie jetzt den Teppich weggeben soll, der sie an ihren Mann erinnert, dann nur für etwas, das den gleichen Wert für sie hat. Das kann ich sogar verstehen.«

»O je, davon wird deine Aufgabe auch nicht leichter«, meinte Tito, der Riccardos warnende Blicke nicht bemerkt hatte.

»Und was soll ich deiner Meinung nach tun?« Marcello schaute zum Himmel. »Ich kann doch nichts dafür, daß offensichtlich das ganze Dorf dringend etwas von irgendeinem anderen braucht. Mir bleibt bloß übrig, es so schnell wie möglich zusammenzubringen.«

»Wenn du heute morgen in der Schule gewesen wärst, hättest du dir das alles vielleicht sparen können«, platzte Tito heraus.

Marcello starrte ihn mit großen Augen an. »Was meinst du damit?«

Ehe Tito antworten konnte, sprang Riccardo in die Bresche. Er wollte nicht, daß Tito seinen Freund durch seine unbedachte Art noch einmal verletzte. Er meinte es nie böse, aber während Marcello, Riccardo und auch Paolo eher junge Männer als Schuljungen waren, würde Tito vermutlich nie wirklich erwachsen werden.

»Ach, es war gar nichts Besonderes. Nur der alte Gamboccini war da, gleich vor dem Unterricht, er wollte mit Selinas reden. Ich habe Copello gefragt, es ging wohl irgendwie um die Universität. Mehr wollte er nicht sagen, oder er wußte nicht mehr. Jedenfalls hat er Elena draußen gelassen, du hast also nicht viel verpaßt.«

Kaum hatte er Elenas Namen erwähnt, merkte er an Marcellos Reaktion, daß er bei dem Versuch, Gamboccinis Besuch herunterzuspielen, für seinen Freund alles nur noch schlimmer gemacht hatte. Er konnte nicht ahnen, was sich in Marcellos Kopf abspielte: Wäre er heute morgen nicht kurz vor der Schule doch noch umgekehrt, dann wäre er gerade die paar Minuten zu spät gekommen, die ihn genau in Elena hätten hineinlaufen lassen: allein, unbeobachtet am Tor, ohne Bewachung ... Die eine unwiederbringliche Chance, sie zu treffen, wirklich und wahrhaftig mit ihr zu reden ... Das war fast mehr, als er in dieser Situation verkraften konnte.

Riccardo versuchte alles, um es seinem Freund leichter zu machen. »Elena war gestern nicht dabei, wie Tito behauptet hat. Ich habe mit meiner Schwester geredet, und die hat gesagt, daß Armond ganz eindeutig mit Gamboccini allein dagestanden hat.«

Aber Marcello schien untröstlich. Wortlos drehte er sich um und wollte gehen, ein Bild des Jammers, mit hängenden Schultern und Schritten, die so aussahen, als bereiteten sie ihm kaum zu überwindende Mühe.

»Warte, Marcello«, rief Riccardo. »Du weißt doch, was Paolo immer sagt: Alle für einen, und einer für alle! Wenn du die Sache durchziehen willst, dann brauchst du Rükkendeckung. Selinas wird bestimmt nicht aufgeben, ehe er dich erwischt hat. Darum sollten wir drei uns kümmern. Los, wir bleiben am besten ganz dicht zusammen. Ich sage euch, wenn die Luft rein ist, dann kommt ihr nach. Aber wir müssen hellwach sein!«

Dann lief er vor bis zu der Stelle, wo die Gasse in die Hauptstraße mündete, spähte nach beiden Seiten und winkte den anderen, ihm zu folgen. Marcello hatte gar keine Möglichkeit zu protestieren; Paolo und Tito nahmen ihn wie zwei Leibwächter zwischen sich und geleiteten ihn zur Straße.

Hinter ihnen öffnete sich die Haustür noch einmal, und Signora Talocci trat eilig heraus, Marcellos Schulbuch in der Hand schwenkend.

»Marcello, du hast dein ...« Suchend blickte sie erst nach links, dann nach rechts, wo sie gerade noch die merkwürdige Prozession um die Straßenecke verschwinden sah. Verblüfft zog sie eine Augenbraue hoch, zuckte dann die Achseln und verschwand wieder im Haus.

Der Fang

Rastlos streifte Signor Selinas durch die Straßen. Die Schöße seines offenen Jacketts wehten wie Flügel hinter ihm her, wodurch er an einen erzürnten Racheengel gemahnte. Trotz des mittlerweile recht lebhaften Windes schwitzte er beträchtlich, so daß er an der Kreuzung stehenblieb, wo zwei aus dem Dorf führende Straßen von der Hauptstraße abzweigten. Er zog ein sorgfältig gefaltetes, blütenweißes Taschentuch aus seiner Brusttasche, wischte sich den Schweiß von der Stirn, beschirmte die Augen mit der flachen Hand gegen die hochstehende Sonne und blickte sich suchend um.

Sorgfältig schaute er sich zunächst alle von seiner Position aus überschaubaren Gassen des Dorfes an, die in der Hitze des frühen Nachmittags fast menschenleer dalagen. Dann wandte er sich nacheinander den beiden Landstraßen zu. Irgendwo mußte dieser Romero schließlich sein, und er würde ihn zu finden wissen.

Aus einer der Einmündungen nicht allzuweit hinter ihm schob sich vorsichtig Riccardos Kopf vor, nur um sofort wieder zu verschwinden.

»Da haben wir ihn ja. Er steht genau an der Kreuzung.« Riccardo war sicher nicht weniger aufgeregt als die anderen, aber er hatte die Verantwortung übernommen, und deshalb wollte er so ruhig wie möglich klingen. »So kann Marcello sich auf keinen Fall über die Hauptstraße wagen, und das muß er, denn der einzige Weg zu den Pellos führt genau durch die Gasse gegenüber. Wir können nicht riskieren, daß sich Selinas im falschen Moment umdreht.«

»Und was wollen wir dagegen tun?« fragte Tito.

»Nicht wir, sondern du. Wir brauchen dich für das erste Ablenkungsmanöver. Du nimmst denselben Weg zurück, den wir gekommen sind. Dann kannst du parallel zur Hauptstraße bis hinter die Banca di Genova laufen. Falls Selinas noch da steht, wenn du auf der anderen Seite der Bank angekommen bist, läßt du dich ganz kurz sehen, aber nur von hinten. Sobald er dich bemerkt hat, läufst du in Richtung Schule. Er wird dich auf die Entfernung für Marcello halten und dir folgen. Sieh zu, daß du ihn nicht zu früh verlierst, und komm in zehn Minuten zu den Pellos. Aber bitte ohne ihn.« Riccardo mußte lächeln, als er Titos Begeisterung sah. Mit einem knappen »Wird gemacht« war der schon verschwunden, kaum daß Ricardo ausgeredet hatte.

»Hoffentlich hat Tito begriffen, wie ernst die Sache ist«, meinte Marcello sorgenvoll.

»Wohl kaum. Aber er wird sein Bestes geben, und dabei wird er noch Spaß haben. Verlaß dich auf ihn!« antwortete Riccardo und spähte vorsichtig wieder um die Ecke. Signor Selinas stand immer noch mitten auf der Kreuzung, offenbar unschlüssig, wohin er sich wenden sollte, und erkennbar gereizt. Riccardo mußte aufpassen, nicht entdeckt zu werden. Plötzlich fuhr der Kopf des Direktors herum. Selinas starrte zur Bank hinüber, fuchtelte aufgeregt mit den Armen und rief: »Halt! Romero, bleiben Sie sofort stehen! Warten Sie, wenn ich Sie erwische!« Und mit verblüffender Behendigkeit lief er los, hinter dem Trugbild her, das für ihn nur Marcello sein konnte.

»Das läuft ja gut an«, meinte Riccardo zufrieden und wandte sich zu den anderen um. »Schnell, wir können hinüber.«

Als sie hastig über die Hauptstraße liefen, konnten sie gerade noch Signor Selinas sehen, wie er hinter dem Bankgebäude verschwand, mit seinen Jackettschößen kämpfend, die seinen beim Laufen wild rudernden Armen immer wieder in den Weg kamen.

Im Klassenraum lief es nicht gut. Signor Copello versuchte etwas zu sagen, hatte aber längst aufgegeben, den Lärm übertönen oder gar die Schüler erreichen zu wollen. Er kämpfte nur noch für einen Rest Selbstachtung.

Armond lehnte lässig an der Fensterwand, schaute betont gelangweilt nach draußen und erzählte seinem sich um ihn drängenden Gefolge dabei eine seiner unzähligen Casanova-Geschichten. Was Signor Copello an Aufmerksamkeit vorenthalten wurde, gewährte man dem überheblichen jungen Mann überreichlich. Plötzlich jedoch unterbrach Armond seine Geschichte, alle Langeweile verschwand aus seinem Blick, und mit einer ungeduldigen Gebärde gebot er den verblüfften Bewunderern zu schweigen. Er hatte soeben Tito um die Ecke rennen und blitzschnell in der Einmündung der Gasse gegenüber dem Schultor verschwinden sehen. Armond pfiff durch die Zähne, trommelte mit den Fingern auf das Fensterbrett und wartete, was noch passieren mochte. Seine Geduld wurde nicht lange auf die Probe gestellt. Ein völlig aufgelöster Signor Selinas hastete um die Ecke, immer noch in beträchtlichem Tempo, aber sichtlich am Ende seiner Kräfte. Er lief an der Gasse vorbei, kam an die Biegung und blieb heftig schnaufend stehen, wobei er sich an einer Hausecke festhalten mußte. Dabei hielt er weiter Ausschau nach Tito, um schließlich merklich resigniert aufzugeben.

»Was führen die bloß im Schilde?« fragte sich Armond voll frisch erwachtem Interesse. Mit nachdenklichem Blick verfolgte er Signor Selinas, der sich mit einer Hand den durch das Laufen strapazierten Rücken massierte, während er auf unsicheren Beinen zurück zur Hauptstraße stolperte.

Fünf Minuten später tauchte ein lächelnder, vollkommen frisch wirkender Tito vor dem Haus der Pellos auf und setzte sich zu Riccardo und Paolo auf den sonnenwarmen Randstein gegenüber.

»Bist du sicher, daß du ihn abgehängt hast?« erkundigte sich Riccardo mißtrauisch.

Tito tat beleidigt. »Meinst du vielleicht, ich wäre ein Amateur? Der Mann macht in Zukunft einen Bogen um alles, was nach Marcello aussieht.«

Paolo lachte begeistert, doch Riccardo warnte sie mit ernster Miene: »Die Sache ist noch nicht vorbei. Wir dürfen auf keinen Fall unvorsichtig werden, das schulden wir Marcello!«

Wie auf sein Stichwort trat Marcello im selben Moment

aus dem Haus gegenüber, blinzelte in die Sonne und kam dann auf ihre Straßenseite.

»Viel Glück, Marcello!« rief ihm Signora Pello noch hinterher, bevor sie die Tür wieder schloß. So wie ihr Freund dahergeschlichen kam, schien er diesen Zuspruch dringend nötig zu haben. Gespannt sahen ihm die drei entgegen.

»Wie ist es gelaufen?« wollte Riccardo wissen.

»Sag nichts«, unterbrach Tito. »Du bekommst die Schreibmaschine, aber jetzt sollst du den Schiefen Turm von Pisa besorgen.«

»Nein, aber die alte Espressomaschine aus Giannis Bar. Da könnte ich auch gleich in die Bank gehen und fragen, ob sie mir nicht ihren Tresor überlassen wollen. Was soll ich denn noch besorgen?«

»Laß uns einen Schritt nach dem anderen machen. Als erstes müssen wir dich ungesehen zu Gianni bringen.«

Riccardo deutete auf Paolo. »Jetzt bist du dran. Ich habe da einen Plan ...«

Signor Selinas stand mit Signor Velta, dem Fischhändler, mitten auf der Hauptstraße und versuchte herauszufinden, ob der irgendeine Ahnung von Marcello Romeros Verbleib hatte. Giannis Bar lag keine fünfzig Meter entfernt. Fast wären Marcello und seine Freunde genau vor seiner Nase aus ihrer Seitengasse gekommen, aber Riccardo hielt sie im letzten Moment zurück.

»Achtung, da steht er. Als wenn er ahnte, wo wir hin wollen. Paolo, wir müssen den Plan etwas ändern. Du läufst oben beim Platz über die Straße, Tito bei der Gasse gleich hinter Giannis Bar. Einen von euch beiden müßte er sehen, und in euren Schuluniformen sollte er euch für Marcello halten. Wem immer Selinas hinterherläuft, der sollte ihn in weitem Bogen von der Hauptstraße wegbringen. Marcello braucht soviel Zeit wie möglich, Gianni ist ein harter Brocken. Aber haltet euch von allen anderen möglichst fern. Selinas sucht sich offensichtlich Verbündete, und es darf nicht passieren, daß er uns so auf die Schliche kommt.«

»Was machst du inzwischen?« fragte Tito.

»Ich bleibe so lange wie möglich bei Marcello. Wenn irgend etwas Unvorhergesehenes passiert, muß ihm jemand den Rücken freihalten.«

Fünf Minuten später wäre Paolo beinahe Signor Selinas geradewegs in die Arme gelaufen. Er kam zu schnell aus einer Seitengasse gerannt, um ohne Notbremsung gleich wieder umkehren zu können, und nur wenig weiter unten stand der Direktor, gerade einmal fünf Häuser weiter, und wollte eben in der anderen Richtung weitergehen. Da rutschte Paolo auf dem glatten Pflaster aus, das durch vom Meer herbeigewehten Sand noch rutschiger geworden war. Mit Mühe konnte er gerade noch verhindern, in die Schaufensterscheibe von Zia Lucrezias kleinem Tabakgeschäft zu stürzen, aber er schürfte sich so sehr das Knie auf, daß ihm ein unterdrückter Schmerzensschrei entfuhr.

Sofort wandte sich Signor Selinas herum, kam auf ihn zugestürzt und rief: »Bleib stehen, Junge, bleib sofort stehen!«

»Na, das fängt ja großartig an«, sagte Paolo zu sich selbst, und so schnell ihn seine Füße tragen wollten, machte er sich auf und davon.

»He! Ich habe gesagt, du sollst stehen bleiben!« rief Selinas hinter ihm her, der zwar schon zu keuchen begann, aber den Abstand erschreckend gering zu halten vermochte. Dennoch gelang es Paolo, mit einem kleinen Vorsprung in einer engen Seitengasse zu verschwinden. Signor Selinas folgte ihm nicht nach; statt dessen hörte Paolo das hämmernde Geräusch eines schweren Motorrades und dann das Quietschen von Reifen, als der Motorradfahrer offenbar zu einer Vollbremsung gezwungen wurde. Paolo hoffte nur, daß Signor Selinas nichts Ernstes zugestoßen sein möge; denn wenn er bisweilen auch übermäßig streng war, respektierten und schätzten ihn die Schüler im Grunde doch. Als kein Knall folgte, lief Paolo weiter. Zur Sicherheit blickte er sich noch einmal um, ob Selinas ihm nicht etwa doch noch folgte, und bevor er sich wieder richtig nach vorne gewendet hatte, stieß er schon in vollem Lauf mit Tito zusammen.

»Was machst du denn hier?« Tito tastete, mitten auf der Straße sitzend, vorsichtig jede einzelne seiner Rippen ab. »Das ist mein Revier!«

»Irgendwohin mußte ich ja laufen. Und da mir Selinas direkt auf den Fersen war, blieb mir gar keine Wahl!« Während er sich aufrappelte, untersuchte Paolo vorsichtig sein zum zweiten Mal malträtiertes Knie. Da begriff er unvermittelt, daß die schwere Maschine von eben immer lauter wurde; sie mußte jeden Augenblick um die Ecke geschossen kommen. Er konnte gerade noch den verblüfften Tito hochziehen, da jagte auch schon eine mächtige BMW um die Straßenbiegung, die offenbar von den ehemaligen deutschen Besatzern im Land vergessen worden war. Über den Lenker gebeugt hing ein Fahrer, der in seiner Ledermontur mit der riesigen Motorradbrille und einer ledernen Sturmhaube an eine böse, überdimensionierte Heuschrecke gemahnte. Was Paolo und Tito aber in wirklichen Schrecken versetzte, war der Passagier auf dem erhöhten Soziussitz: Signor Selinas, mit einem ausgestreckten, knochigen Arm auf die beiden weisend, der drohend wie eine eingelegte Lanze auf sie zufuhr.

In wilder Panik stoben Tito und Paolo davon, doch das Motorrad kam viel zu schnell näher.

In einer Parallelgasse liefen Marcello und Riccardo in Richtung ihres nächsten Auftrags. An Giannis Espressomaschine zu kommen schien im Vergleich zu den bisherigen Aufgaben fast schon ein Kinderspiel zu sein. Marcello brauchte nur den immer freundlichen Signor Santolini davon zu überzeugen, daß der große, alte Radioapparat, den er in seiner Werkstatt stehen hatte, in Giannis Bar viel besser aufgehoben wäre.

Paolo und Tito hatten mit Mühe das Ende ihrer Gasse erreicht, und ohne daß sie sich verabredet hätten, bogen sie in unterschiedliche Richtungen ab. Das Motorrad kam mit quietschenden Reifen zum Stehen, und der Fahrer blickte sich fragend zu seinem Passagier um. Nach kurzem Nachdenken wies dieser gebieterisch nach links, in die Richtung, wo Paolo verschwunden war und wo auch Marcello und Riccardo unterwegs waren. Mit aufbrüllendem Motor und eine Staubwolke hinterlassend, machte sich das bedrohliche Gefährt auf die Verfolgung.

Marcello und Riccardo hörten nicht, wie die Maschine näher kam, da deren Dröhnen vom eigenen Herzschlag und dem keuchenden Atem übertönt wurde. Sie waren entschieden zuviel gerannt an diesem Tag.

»Wie viele solche Aufträge willst du denn noch übernehmen?« fragte ein nach Luft schnappender Riccardo.

»So viele, wie es nötig ist«, antwortete Marcello entschlossen und zog das Tempo noch ein wenig an. Von der Dorfkirche her hörte man die Glocke viermal schlagen.

»Wenn wir noch zwanzig Minuten durchhalten, ist die Schule aus, und für heute sind wir gerettet. Aber selbst wenn dich Selinas heute nicht erwischt, am Montag wird er auf dich warten. Was dir dann blüht, kannst du dir ja denken!«

»Wenn ich am Samstag mit Elena ausgehen kann, ist mir alles andere vollkommen gleichgültig.«

Doch als sie an der nächsten Kreuzung anlangten, überschlugen sich die Ereignisse. Ehe sie noch begriffen hatten, welche Bedrohung der nun unüberhörbare Motorenlärm darstellte, kam von rechts aus der Einmündung Paolo und rannte in halsbrecherischem Tempo genau zwischen ihnen hindurch. Fast auf den Fersen folgte ihm das Motorrad, von dessen Beifahrersitz sich Signor Selinas in akrobatischer Manier weit hinauslehnte und nach dem ersten griff, den er zu fassen bekam: Riccardo.

Der Fahrer hatte alle Mühe, seine schlingernde Maschine zum Stehen zu bringen, ohne daß der Direktor vom Soziussitz stürzte oder Riccardo mitgeschleift wurde. Sobald Marcello und Paolo erkennen konnten, daß ihr Freund unverletzt geblieben war, setzten sie ihre hastige Flucht in entgegengesetzten Richtungen fort.

»Was um alles in der Welt geht hier vor, Riccardo Gentile?« fragte ein zornbebender Signor Selinas, dessen Hand wie ein Schraubstock Riccardos Genick gepackt hielt. »Und wie viele von euch sind hier überhaupt unterwegs?«

Riccardo verschränkte die Arme vor der Brust, blickte den Direktor in schweigender Herausforderung an und tat so, als habe er die Verbindung zu seiner Umwelt vollkommen abgebrochen.

»Nun gut, das werden wir spätestens herausfinden, wenn wir gleich in der Schule durchgezählt haben und sehen, wie viele Ihrer Kollegen fehlen.« Dann wandte sich Signor Selinas seinem Chauffeur zu und sagte: »*Grazie*, Roberto. Sie sind schon als Schüler wie der Teufel mit Ihrem Fahrrad gefahren, und ich sehe, daß Sie nichts verlernt haben.«

Der Motorradfahrer tippte sich kurz an die Lederkappe, ließ den Motor noch einmal aufbrüllen, legte klickend einen Gang ein und schoß dann über die Hauptstraße davon, ohne auf den schwer mit Melonen beladenen Eselskarren des alten Giacomo Rücksicht zu nehmen, der soeben vom Feld zurückgekehrt war. Der Alte fluchte hinter ihm her und hatte alle Hände voll zu tun, seinen verschreckten Esel wieder in die Richtung zu zwingen, die er nehmen sollte.

Riccardo konnte mit dem armen Tier fühlen. Selinas' entwürdigenden Griff im Nacken, wurde er zur Schule geführt. Bei dem Gedanken daran, was ihn dort erwarten mochte, hätte er beinahe mit dem geplagten Vierbeiner tauschen mögen.

Bedrückt und schweren Schrittes kam Marcello bei der kleinen Fahrradwerkstatt von Signor Santolini an. Als auf sein mehrfaches Klopfen niemand öffnete, trat er zögernd in das halbdunkle, kühle Gewölbe ein. Der Mann, der seit Menschengedenken alle Fahrräder, Nähmaschinen und Ackergeräte von Camoglio reparierte, widmete sich hingebungsvoll einer defekten Wasserpumpe.

»Signor Santolini!« sagte Marcello. Als immer noch keine Reaktion kam, rief er so laut er konnte: *»Buon giorno,* Signor Santolini!«

»Ach Marcello! Hallo, ich habe dich gar nicht kommen gehört! Ist euer Motor wieder kaputt?«

»Nein, ich hoffe nicht. Ich wollte Sie eigentlich etwas anderes fragen. Dieses Radio, das Sie da haben ... brauchen Sie das eigentlich noch?«

Als Signor Selinas mit seinem Gefangenen den Hof betrat, läutete die Schulglocke. Der Direktor beschleunigte seine Schritte und nahm keine Rücksicht auf Riccardo, der sich vorkam wie ein Delinquent, der zur Richtstatt geschleppt wurde. Sie hatten noch nicht die Stufen zur Eingangstür erreicht, da flog diese auf, und ein Schwall lärmender, fröhlicher Schüler trieb ihnen entgegen, vom

Joch eines langen Tages der Unterdrückung befreit. Signor Selinas kämpfte sich durch den Strom, ohne Riccardo loszulassen, und strebte, so schnell es ging, Marcellos Klassenraum zu.

Im Flur neben der Klassentür lehnte Armond an der Wand, als habe er gerade nichts Besseres vor, nur noch von zwei seiner Getreuen begleitet. Mit zufriedenem Grinsen sah er dem merkwürdigen Gespann entgegen und rief: »He, Riccardo! Wo warst du denn bloß den ganzen Tag? Wir haben uns schon Sorgen um dich und deine Freunde gemacht!«

Noch ehe Riccardo antworten konnte, maß der Direktor Armond mit einem eisigen Blick und sagte schneidend: »Wie der Vater, so der Sohn, nicht wahr, Cessero?« Dann ließ er ihn stehen und verschwand mit Riccardo im Klassenraum.

Armond, der nicht wußte, worauf genau sich die Bemerkung des Direktors bezog, aber das unbestimmte Gefühl hatte, daß sie nicht als Lob gemeint gewesen war, zog mit finsterer Miene ab, ohne sich noch um seine verunsicherten Freunde zu kümmern.

Der Klassenraum war vollkommen leer, nicht ein Schüler war auch nur einen Augenblick länger geblieben als irgend nötig. Nur hinter dem Pult saß ein einsamer, verstört aussehender Mann: Signor Copello, der noch immer nicht recht begriff, was an diesem Tag mit ihm geschehen war.

»Was war hier los, Copello? Wer hat sich unerlaubt vom Unterricht entfernt? Copello, hören Sie mich?« Ärgerlich betrachtete Signor Selinas seinen Hilfslehrer, der keinerlei Reaktion zeigte. Dann wandte er sich wieder Riccardo zu:

»Hierum werde ich mich später kümmern. Wir beide haben in meinem Büro noch etwas anderes zu regeln.« Und damit zog er Riccardo hinter sich her in den Flur.

Die Zumutung

Am Ende eines langen, ermüdenden Tages schlich Marcello langsam die Straße zum Hafen hinunter, ab und zu einen Stein beiseite tretend. Der Abendhimmel war von einem so leuchtenden Orange, wie man es sonst nur von kolorierten Postkarten kannte. Kleine, fast glutrot erscheinende Hitzewölkchen setzten die Farbtupfer, die das Bild perfekt machten. Die Sonne würde in wenigen Minuten wie eine große Blutorange im Meer versinken, doch Marcello hatte keine Augen für das einzigartige Schauspiel am Horizont. Er war erschöpft, mutlos und voller Selbstmitleid. Mit allem hätte er es aufgenommen, doch was Signora Granduzzi von ihm verlangt hatte ...

Auf der Hafenmauer saß Riccardo und sah nicht viel glücklicher aus. Als Marcello ihn sah, hellte seine Miene sich für einen Moment auf, und voller Mitgefühl fragte er: »Wie schlimm war es?«

»Ziemlich schlimm. Aber laß uns nicht darüber reden. Wie ist es gelaufen?«

»Darüber sollten wir auch nicht reden. Was ist mit Paolo und Tito?«

»Ich denke, die sind ziemlich sicher. Wir waren so spät in der Schule, daß schon alle fort waren, nur unser guter

Freund Armond hat noch versucht, uns in die Pfanne zu hauen. Aber da ist er bei Selinas an die falsche Adresse geraten. Einen Verdacht hat er sicher, aber keine Gewißheit, und der arme Copello wußte am Ende seines ersten Tages im richtigen Leben nicht einmal mehr, wie er selber heißt. Aber raus mit der Sprache, was ist mit dir?«

Marcello hievte sich neben Riccardo auf die Mauer, und es sah so aus, als müsse er eine schwere, unsichtbare Last mit hinaufstemmen. So leise, daß sein Freund ihn kaum verstand, sagte er: »Was soll schon sein. Es ist vorbei.«

»Wie meinst du das, es ist vorbei?«

»Vorbei, aus, verloren.«

»Könntest du dich vielleicht etwas klarer ausdrücken?«

»Als ich zum alten Santolini kam, wollte der von mir eine der kleinen Statuen aus dem Vorgarten von Signora Cesari für seinen selbstgebauten Springbrunnen. Das war einfach, weil die nur ein paar Häuser weiter wohnt. Für die Statue wollte sie aber unbedingt die alte Vogelflinte, die früher ihrem Vater gehört hat und die der mal dem Vater von Tomasso Manfredi geschenkt hat. Weiß der Teufel, wofür sie die braucht. Tomasso jedenfalls braucht sie nicht, dafür aber einen Weinstock von den guten hinter dem Haus der Ricaldis, die immer so viel tragen. Die geben ihn mir, wenn ich den Kanarienvogel von Signora Remora herbeischaffe, der so wunderschöne Triller macht, wenn die Sonne auf ihn scheint. Den kann ich bekommen, wenn ich von Signora Baluardi das alte Transportfahrrad besorgen kann, mit dem sie früher immer zum Markt gefahren ist. Dafür müßte ich ihr vom Priester das alte Trichtergrammophon organisieren, damit sie die

Opernplatten aus ihrer Zeit im Chor der Scala wieder hören kann. Das Grammophon gibt er mir, wenn ich Signora Granduzzi dazu bewegen kann, sonntags wieder in die Messe zu kommen, obwohl sie seit der letzten Osterpredigt behauptet, sie habe mit der Kirche gebrochen, weil nicht lange genug gesungen worden sei. Sie wäre sogar bereit, wieder jeden Sonntag in die Kirche zu gehen, aber nur, wenn ich ihr ein Bild besorge, für das sie einmal Modell gesessen hat, als sie noch jung war. Der Künstler hat daraus wohl eine ziemlich freizügige Wassernixe gemacht und das Bild an einen reichen Sammler verkauft. Als ihr Mann noch lebte, hat er es immer zurückkaufen wollen, aber der Besitzer wollte es um keinen Preis hergeben.«

»Wer ist denn der Besitzer?«

»Signor Cessero.«

Armonds Vater! Für einen Moment war Riccardo zu verblüfft, um etwas zu sagen. Nun verstand er, warum Marcello so mutlos war. Die unglaubliche Kette schien an ihrem Ende angelangt zu sein.

»Und was willst du jetzt tun?«

»Was soll ich wohl tun? Aufgeben werde ich, und ich werde sehr viele Menschen enttäuschen, denen ich etwas versprochen habe. Vor allem aber werde ich Elena verlieren.«

»Allerdings ist das zum Verzweifeln. Und enttäuscht bin ich auch – aber über dich!« Riccardo wußte, daß er seinem Freund nicht mehr mit gutem Zureden helfen konnte, dazu war die Situation zu verfahren. Doch wenn er sein altes Temperament wecken konnte, wenn er ihn fühlen lassen konnte, daß immer noch er selbst es in der Hand hatte, ob er mit dem Mädchen zusammenkam, das sein Lebensglück bestimmen mochte …

»Was soll das denn jetzt? Was sollte ich denn deiner Meinung nach tun? Einfach in die Villa spazieren und fragen, ob sie mir das Gemälde geben? Ich kenne doch nicht einmal einen von den Cesseros!«

»Doch, du kennst Armond!«

»Na großartig. Meinst du vielleicht, ausgerechnet er würde mir das Bild geben?«

»Keine Ahnung. Hast du ihn gefragt? Marcello Romero, du erzählst mir die ganze Zeit, wieviel dir dieses Mädchen bedeutet, wir riskieren Kopf und Kragen für dich, und bei der ersten ernsten Schwierigkeit gibst du auf? Dann kann es mit der Liebe ja wohl nicht so weit her sein!«

Für einen Moment sah es so aus, als wolle Marcello sich auf seinen Freund stürzen, und Riccardo fürchtete schon, er sei zu weit gegangen. Doch dann sackte sein Freund wieder in sich zusammen und murmelte: »Vielleicht hast du ja recht. Aber was soll ich tun?«

»Und ob ich recht habe. Und du wirst verdammt noch mal zu dieser blöden Villa gehen, auf die goldene Klingel drücken und Armond einen Handel vorschlagen, den er nicht ablehnen kann. Du mußt dir etwas einfallen lassen, und zwar ziemlich plötzlich, *capisci*?«

»Ist ja in Ordnung, ich bin ja schon unterwegs.« Marcello ließ sich von der Mauer gleiten und machte sich auf den Weg, Richtung Villa Cessero. Zufrieden lächelnd blickte Riccardo ihm nach, wie er mit entschlossenem Schritt die Straße hinauflief. Er war stolz, seinem Freund ein wenig helfen zu können, der so vieles an diesem Tag geschafft hatte, und irgendwie hatte er das Gefühl, er würde auch diese letzte Hürde noch überwinden. Er hatte nur keinerlei Ahnung wie.

Je näher Marcello der Cessero-Villa kam, desto langsamer wurden seine Schritte. Dermaßen angespannt dachte er darüber nach, was um alles in der Welt er Armond anbieten sollte, daß er nicht bemerkte, wie sich der Vorhang an dessen Zimmer im ersten Stock bewegte. Somit entging ihm auch das spöttische Grinsen seines Widersachers, der ihn in erwartungsfroher Selbstzufriedenheit von oben betrachtete. Was dann folgte, hätte er sowieso nicht sehen können: Armond verschwand eilig, hastete zur Treppe und stürzte hinunter, immer zwei oder drei Stufen auf einmal nehmend, um vor dem Läuten der Türglocke am Eingang zu sein. Im Flur rutschte er aus und wäre beinahe in dem zierlichen, barocken Garderobentischchen gelandet, auf das sein Vater so stolz war. Aber es gelang ihm noch eben, sich zu fangen, die Tür zu öffnen und so zu tun, als habe er zufällig genau in diesem Augenblick Luft schnappen wollen.

»Nanu, Romero? Welch eine angenehme Überraschung. Was verschafft uns denn die Ehre dieses unverhofften Besuches?« Dabei stellte er sich mit verschränkten Armen so in die Tür, daß Marcello nicht ins Haus blicken konnte.

»Guten Abend, Armond.« Marcello klang ziemlich verzagt. Hier stand er, auf Armeslänge seinem ärgsten Rivalen gegenüber, und sollte ausgerechnet ihn um den entscheidenden Gefallen bitten. Was für eine absurde, ungeheuerliche Idee! Er hatte keinerlei Vorstellung, wie er am geschicktesten vorgehen sollte.

Armond sah ihn mit diesem arroganten, überheblichen Lächeln an, und plötzlich war Marcello alle Berechnung gleichgültig. Er wollte Elena, dafür brauchte er das Bild, und das sollte ihm Armond verschaffen. Er holte tief Luft und sagte: »Ihr habt doch dieses Gemälde mit der Wassernixe. Nun, jemand möchte es unbedingt haben, und deshalb hat man mich gebeten, danach zu fragen. Ich wüßte gern …«

»Halt mal! Habe ich dich richtig verstanden? Du willst unser Bild? Und was hat das mit den seltsamen Vorgängen von heute nachmittag zu tun? Los, erzähl mir erst einmal, was eigentlich gespielt wird.«

»Ach, laß uns die Sache vergessen. Ich glaube, das ganze war sowieso keine gute Idee.« Marcello winkte ab und wandte sich zum Gehen. Doch so einfach ließ Armond ihn nicht davonkommen.

»He, du willst etwas von mir. Ich höre mir das an und will jetzt etwas von dir. Das ist ein fairer Handel. Also spuck aus, worum es geht, Romero.«

Marcello seufzte und wandte sich wieder um. Er wollte einen letzten Versuch wagen, das Unmögliche doch noch zu erzwingen. »Du weißt, daß ich versuchen werde, morgen die Verabredung mit Elena zu bekommen?«

»Das Gamboccini-Mädchen? Vergiß es, Romero. Du träumst!«

«Willst du die Geschichte nun hören oder nicht?« fuhr Marcello ihn an. Wenn er eins nicht ertragen konnte, dann war es diese Arroganz. Elena sollte nie mit diesem widerlichen Kerl ausgehen müssen, niemals!

»Erzähl schon weiter. Aber nicht so laut!« Nervös blickte sich Armond um, aber im Haus hinter ihm regte sich nichts.

»Von mir aus. Jedenfalls ist mir da eine Idee gekommen, was für ein Geschenk ich dem alten Gamboccini anbieten könnte.«

»Was für ein Geschenk denn?« Mit einem Schlag hatte Marcello die ganze Aufmerksamkeit seines Rivalen.

»Einen Hahn.«

»Machst du Witze?« Armond glaubte seinen Ohren nicht zu trauen, dann begann er so schallend zu lachen, daß eigentlich jede Sekunde seine Eltern herauskommen mußten, um festzustellen, was los sei.

»Ja, einen Hahn. Er gehört Bellini, dem Metzger, und weckt den alten Gamboccini seit Monaten jeden Morgen in aller Herrgottsfrühe.« Irgendwie hatte Marcello das Gefühl, seine Idee verteidigen zu müssen, und gleichzeitig ärgerte er sich darüber. »Deswegen habe ich gedacht, wenn ich ihm diesen Hahn besorgen kann, läßt er mich vielleicht morgen mit seiner Tochter ausgehen.«

»Ich glaube es nicht, Romero. *Stupido*! Einen gottverdammten Hahn!«

»Nun ja, den Hahn wollte mir Bellini nur geben, wenn ich ihm dafür etwas besorgen würde.«

»Und was soll das sein?«

»Eine Flasche vom Elixier der alten Calonne-Schwestern.«

Auf einmal schaute Armond vollends so drein, als versuche Marcello ihm Märchen zu erzählen. »Sicher, ich vermute, in einer Karaffe aus Muranoglas und mit sechs massivgoldenen Bechern.«

»Nein, er wollte nur den Likör. Und die Schwestern haben ja gesagt.« Für einen Moment verspürte Marcello eine leise Aufwallung von Stolz; er hatte bislang überhaupt nicht die Zeit gehabt, sich Gedanken über das zu machen, was er bisher erreicht hatte. Doch dieses flüchtige Gefühl wich umgehend der ernüchternden Erkenntnis, daß ohne den letzten, entscheidenden Handel all die vorhergehenden wertlos waren.

»Sie haben dir wirklich eine Flasche von dem Fabelzeug versprochen? Ich bin beeindruckt.« Langsam stieg in Armond die beunruhigende Ahnung empor, daß er diesen Fischerjungen unterschätzt haben könnte.

»Sicher, aber sie wollen dafür einen wertvollen kleinen Teppich von Signora Talocci.«

Wieder schaute Armond ihn mißtrauisch an. »Du willst jetzt aber nicht behaupten, daß du das auch noch hinbekommen hast, oder? Schließlich weiß doch jeder im Dorf, wie sehr sie die beiden Schwestern seit der Sache mit ihrem Mann haßt ...«

»Nun ja, trotzdem, ich habe es geschafft«, unterbrach ihn Marcello. »Allerdings will sie dafür eine alte Schreibmaschine von den Pellos, die ihr viel bedeutet. Ich glaube, sie will wieder mit dem Schreiben anfangen. Jedenfalls wollen die Pellos etwas von Gianni, der wieder etwas anderes von Signor Santolini und so weiter und so fort. Irgendwie scheint das ganze Dorf von Sehnsüchten nach etwas geplagt, das ein anderer besitzt.«

»Und das Bild von meinem Vater wäre das letzte in der Reihe, habe ich recht?«

»Ja«, sagte Marcello leise.

Armond nickte zufrieden. Ihm war endlich aufgegangen, welche Macht über seinen liebeskranken Rivalen ihm diese Geschichte verschaffte. Gewiß hatte Marcello jede Menge Glück gehabt, und es gab eigentlich keinen Grund, die ungleiche Konkurrenz zu fürchten. Aber es konnte nie schaden, wenn man für den Fall der Fälle noch ein As im Ärmel hatte. Er brauchte nur ein wenig Zeit, um sich einen eleganten Plan auszudenken. Fast vermeinte er schon die Bewunderung seiner Anhängerschar zu verspüren, wenn er ihnen von seinem genialen Coup erzählte …

»Und was haben Riccardo und seine Mannschaft mit der Angelegenheit zu tun?«

»Sie haben mir Deckung gegeben und Selinas abgelenkt, weil ich doch immer wieder kreuz und quer durch das Dorf mußte.«

Während Marcello unbehaglich mit dem Fuß im weißen Kies der Auffahrt scharrte, sah man Armonds Gesicht an, wie sehr er die Situation genoß.

»In Ordnung, Romero«, sagte er nach kurzem Überlegen. »Wir machen einen Handel. Du bekommst das Gemälde. Aber falls dein lächerlicher Plan gegen jede Wahrscheinlichkeit funktionieren sollte – was ich mir beim besten Willen nicht vorstellen kann –, dann bekomme ich das Mädchen.«

Für einen Moment war Marcello unfähig zu atmen, geschweige denn ein Wort der Erwiderung über die Lippen zu bringen. Das konnte nicht einmal ein Mistkerl wie Armond ernst gemeint haben. Ungläubig fragte er schließlich: »Wie bitte? Würdest du das noch einmal sagen?«

»Das Gamboccini-Mädchen ... Du überläßt sie mir!«

»Bist du eigentlich völlig verrückt geworden? Nie im Leben! Und davon einmal abgesehen: Selbst wenn ich so dumm wäre einzuwilligen, wird ihr Vater wohl kaum irgend jemanden mit seiner Tochter ausgehen lassen, den er nicht ausgesucht hat!«

»Da hast du recht«, gestand Armond widerwillig ein und verfiel erneut in tiefes Nachdenken. Doch schnell hellte sich seine Miene auf. Er zeigte mit einer betont lässigen Handbewegung, die er vermutlich irgendeinem amerikanischen Filmgangster abgeschaut hatte, auf Marcello. »Okay, du gehst mit ihr in das *Caffè Il Porto*, setzt sie da ab und machst dich vom Acker.«

»Vergiß es. Nenn mir einen Grund, warum ich so etwas Idiotisches tun sollte!« Marcello war so aufgebracht, daß er Armond am liebsten auf der Stelle verprügelt hätte.

»Weil es deine einzige Chance ist. Entweder das oder gar nichts, so sieht es aus. Und betrachte es doch mal von der positiven Seite: So kannst du einmal mit ihr durch Camogli schlendern.« Armonds überhebliches Grinsen war einfach unerträglich.

Weshalb rede ich überhaupt mit diesem Widerling, fragte sich Marcello, als Armond betont gelangweilt die Schultern zuckte und sich anschickte, ins Haus zurückzugehen.

»Es ist deine Entscheidung, nimm das Angebot an oder laß es bleiben«, sagte Armond über die Schulter und kam sich vermutlich vor wie sein Vater, wenn er einem kleinen

Eisdielenbesitzer eine seiner berühmten Offerten machte, die einem die Wahl ließen zwischen dem sofortigen Ruin oder lebenslanger Abhängigkeit. »Ich erhalte es bis morgen vormittag aufrecht. Sieh es als Gefallen von einem alten Schulfreund. Aber ich würde mir nicht zu lange Zeit lassen, denn der große Tag ist morgen.«

Dann schlug er hinter sich die Haustür direkt vor Marcellos Nase zu und war verschwunden.

Mit hängenden Schultern und mutloser denn je machte Marcello sich auf den Heimweg. Die Straße hinab ins Dorf erschien ihm endlos, seine Füße übermenschlich schwer. Während die Sonne langsam hinter dem Horizont versank, umkreisten bereits die ersten kleinen Fledermäuse die spärlichen Straßenlaternen, und die Luft roch nach Nacht. Marcello bemerkte nichts von alledem, und wenn man ihn gefragt hätte, dann wäre ihm eine lichtlose Nacht ohne jedes Leben lieber gewesen, eine Nacht, wie sie seinen rabenschwarzen Gedanken entsprochen hätte.

Francesco Romero

Man sah der Wohnküche im Haus der Romeros an, daß sie einmal recht gemütlich gewesen sein mußte. Der alte Eßtisch mit der blank gescheuerten Platte, die Stühle mit den verblassenden bunten Kissen auf geflochtenen Sitzen, die dunkle, viel zu große Anrichte – sie alle hatten sicher schon bessere Tage gesehen, doch Marcello hielt das ganze Haus so ordentlich und sauber, wie er es irgend vermochte. Was fehlte, bemerkte man daher auch erst auf den zweiten Blick. So gab es etwa nie frische Blumen; bei ihren schlichten Mahlzeiten benutzten die beiden Romeros nur das Nötigste, auf eine Tischdecke oder anderen Zierrat verzichteten sie ohnehin grundsätzlich. Die Fotografien an den Wänden waren alle schon etliche Jahre alt; sie zeigten Marcello als kleinen Jungen am Strand, im neuen Boot eines strahlenden, glücklich aussehenden Francesco Romero, als stolzen Taucher mit dem ersten selbst erbeuteten *polpo*. Aber nichts in dem gesamten Raum verriet, daß auch in der Gegenwart in ihm gelebt wurde, daß hier eine Familie zu Hause war.

Als Marcello niedergeschlagen durch die Tür trat und mechanisch zur Anrichte ging, um nachzusehen, ob vom Frühstück noch ein Stück *ciabatta* in der Brotschublade war, merkte er erst am Geruch frischen Zigarettenrauchs, daß er nicht allein im Zimmer war.

»Papa, du bist noch auf?« Er drehte sich um und sah seinen Vater in der dunklen Ecke neben dem Küchenkamin auf dem Schaukelstuhl sitzen, der schon der Stammplatz von dessen Vater gewesen war. Vor ihm auf dem Kaminsims standen eine zur Hälfte geleerte Korbflasche mit Rotwein und ein Wasserglas. Achtlos zwischen den Fingern hielt er eine Zigarette mit gelbem Papier, deren Asche jeden Augenblick herabzufallen drohte. Ganz still saß sein Vater da und schaute ihn unverwandt an, mit jenem Blick, den Marcello früher nicht an ihm gekannt hatte, als sie noch nicht allein miteinander gelebt hatten. Es war, als würde er ihn durchdringen, und doch schien sein Vater nichts zu sehen, wenn er ihn so anblickte, nichts zumindest von dem, was den wirklichen Marcello ausmachte.

»Papa, du hättest mich beinahe erschreckt. Warum bist du so spät noch auf?«

Francesco Romero nahm einen tiefen Zug von seiner Zigarette und schnippte die Asche in den Kamin. Dann goß er sich Wein nach, blickte Marcello traurig an, entließ mit einem Seufzer den Rauch aus seinen Lungen und sagte: »Bello, vorhin war Signor Selinas hier.« Er nahm einen Schluck aus seinem Glas. »Junge, was ist nur los mit dir? Was ist in dich gefahren?«

»Weißt du … ich …«

Doch sein Vater wollte gar keine Erklärungen hören. »Willst du vielleicht dein Leben so wie ich als dummer Fischer fristen? Du läufst als Träumer durch die Welt, kritzelst deine Träume in dieses Buch, und das wirkliche Leben läuft an dir vorbei! Du hast eine Chance bekommen, eine einmalige Chance, und anstatt sie zu nutzen, rennst du irgendwelchen Hirngespinsten hinterher. Dafür arbeite ich nicht jeden Tag dreizehn, vierzehn Stunden!«

»*Scusa,* es tut mir leid ...« Beschämt blickte Marcello auf seine Fußspitzen.

»Cello, du weißt, daß Selinas mir egal ist. Aber du bist mir nicht egal und das, was aus dir wird. Du läufst diesem Gamboccini-Mädchen nach, und das ist genauso eine Illusion wie die Gedichte, die du in dein Buch schreibst. Dabei hättest du heute etwas Wichtiges zu schreiben gehabt, deinen Aufsatz für das Stipendium. Das wäre etwas Wirkliches gewesen, eine wahrhaftige Zukunft, und du wirfst sie weg für die Spinnerei von irgendeinem Mädchen!«

Als er seinen Vater so von Elena reden hörte, war es schlagartig mit Marcellos Müdigkeit vorbei.

»Sie ist nicht irgendein Mädchen!«

»Natürlich ist sie das, irgendeine schöne Larve, hinter der du herrennst, an die du dein Herz verlierst, und schließlich läßt sie sich doch mit irgendeinem anderen Burschen ein!« Francesco Romero war aufgesprungen, und in seiner Erregung hatte er einen Gutteil seines Weines auf den Fliesen verschüttet, aber er achtete nicht darauf.

»Nicht Elena! Du kennst sie nicht ...«

»Und ob ich sie kenne. Sie sind alle gleich, du gibst dich selbst auf für sie, und dann zerbrechen sie dich. Ich will nicht, daß dir das passiert!«

»Nein!« Noch nie hatte Marcello seinem Vater so wütend widersprochen. Mit blitzenden Augen stand er da. »Nein! Bloß weil es mit Mama und dir schlecht ausgegangen ist, heißt das noch lange nicht, daß alle Frauen so sind!«

»Schweig! Ich will kein Wort mehr hören!« fuhr sein Vater ihn an, doch Marcello fand, daß er bereits viel zu lange geschwiegen hatte.

»Nein, heute halte ich meinen Mund nicht. Wenn du nicht auf dem Boot bist, sitzt du hier in deiner Ecke, willst nichts und niemanden sehen, nicht einmal die Sonne läßt du herein. Ist dir denn gar nicht klar, daß du selbst der Träumer bist? Nur träumst du von der Vergangenheit, von dem, was du verloren hast. Das, was nicht mehr ist – was ist das für eine Wirklichkeit? Und was das wirkliche Leben angeht: Wie sieht denn dein Leben aus? Auf dem Boot bist du allein, hier sitzt du allein und trinkst ... Mama ist fort, und sie wird nicht zu uns zurückkommen, egal, wie lange du hier sitzt und wartest!«

»Nein, Marcello, nicht ...« Aller Zorn war aus Francescos Stimme gewichen, und er klang nur noch erschöpft und verzweifelt.

»Doch, Papa, so weh es tut: Du mußt die Wirklichkeit endlich akzeptieren. Ja, wir hatten wunderschöne Zeiten mit Mama, und ich vermisse sie auch. Aber das ist vorbei! Nun müssen wir ohne sie leben, und wir haben Zeit gehabt, uns daran zu gewöhnen. Ich weiß, daß wir beide auch ohne sie wunderschöne Zeiten haben können. Wir müssen bloß etwas dafür tun, und damit sollten wir noch heute anfangen. Hör endlich auf, von der Vergangenheit zu träumen. Träum dir eine Zukunft!«

Francesco Romero mußte den Blick abwenden. Er

wollte nicht, daß sein Sohn mitbekam, wie weh ihm das alles tat. Er rieb sich angelegentlich die Augen, als wäre ihm der aufkräuselnde Rauch der Zigarette hineingeraten, aber Marcello ließ sich nicht täuschen. Er hatte selbst mit den Tränen zu kämpfen. Doch was gesagt werden mußte, das würde er sagen.

»Papa, ich liebe dich. Aber gerade deshalb kann ich nicht mitansehen, wie du dich aufgibst. Das einzige, wofür du noch kämpfst, ist das, was du für mein Bestes hältst. Ja, ich muß die Schule beenden, und ich habe die Verantwortung für meine Zukunft. Aber ich habe auch einen Traum, und den kann niemand außer mir verwirklichen. Dabei darf es nicht um dich gehen, und schon gar nicht um Signor Selinas. Ich allein kann mir das erwerben, was mir das Schicksal vorbestimmt hat. Wenn ich am Ende herausfinden sollte, daß diese übermächtigen Gefühle wirklich nur in mir existieren, dann werde ich damit leben müssen. Aber ich kann mich nicht bereits vorher abwenden, ohne die eine lebenswichtige Frage riskiert zu haben, die Frage nach der Wahrheit, nach dem Sinn meines Daseins.«

So sehr sein Vater ihm leid tat, so wütend machte ihn seine Resignation. Nein, so wollte er nicht werden. Lieber würde er alles wagen und alles verlieren, als sich in etwas einzurichten, das mit seinem Traum nichts zu tun hatte.

»Selinas kann mich strafen, wie er will«, sagte Marcello mit fester Stimme. »Aber ich werde diese Sache zu Ende bringen – mit deinem Segen oder ohne ihn!« Damit wandte er sich um, öffnete die Haustür und trat hinaus.

»Cello, komm zurück!« rief sein Vater noch hinter ihm

her, doch der Wind schlug die Tür zu, so daß Marcello ihn nicht mehr hören konnte.

Wie in Trance lief Marcello die Straße hinauf, in Richtung des Hauses der Gamboccinis. Seine Augen waren gerötet, sein gesamter Körper fühlte sich nach diesem unerhörten Tag an, als habe er einen schweren Sturm hindurch allein mit Boot und Netz kämpfen müssen, und in seinem Kopf ging alles drunter und drüber. Erst als er sich auf seinen Stammplatz unter Elenas Fenster fallen lassen konnte, fiel ein wenig von der Anspannung ab von ihm. Er begann wieder Augen zu haben für die sternenklare, warme Nacht, in der die Zikaden lauter zirpten denn je und das Licht des vollen Mondes das Meer unter sich verbarg wie ein Überzug aus feinstem, poliertem Silber. Tief atmete er die nach reifenden Feigen duftende Luft ein, und als er mit den Augen den Weg eines besonders hell leuchtenden Glühwürmchens verfolgte, blieb sein Blick an Elenas Fenster haften. Der Vorhang hatte sich bewegt, das war keine Einbildung, ebensowenig wie das tiefdunkle Augenpaar, das durch den Vorhang auf ihn hinabblickte.

Ob Elena es merkwürdig fand, daß er mitten in der Nacht vor ihrem Fenster saß? Ob sie sich gar mit ihren Freundinnen über ihn lustig machte? Alle diese Gedanken erschienen ihm mit einem Mal völlig unwichtig, als sein Blick für einen Moment, der ihm vorkam wie die Ewigkeit, mit ihrem verschmolz. Sie sahen einander an, und noch ehe Elena wieder hinter dem Vorhang verschwand, wußte Marcello, daß er Armonds Angebot annehmen würde.

Er begriff plötzlich, daß er seiner ungeheuerlichen Aufgabe nur dann gerecht werden konnte, wenn er sie anging, wie alle großen Idealisten ihre selbstgestellten, unmöglichen Aufgaben angegangen waren: um ihrer selbst willen, mit aller Leidenschaft und vollem Risiko. Und mit der Gewißheit, daß wir erst durch das, was wir aufs Spiel setzen, zu definieren vermögen, wer wir wirklich sind.

Samstag

Marcellos Zimmer unter dem Dach des kleinen Häuschens war nicht sehr geräumig, aber dafür, daß es ziemlich voll mit Sachen und er immer in Eile war, sah es recht ordentlich aus. Nur auf seinem Schreibtisch stapelten sich die Schulbücher, und er quoll über von unzähligen Blättern mit unvollendeten Gedichten, an denen er irgendwann einmal weiterarbeiten wollte.

Über der Lehne des Schreibtischstuhls hingen frische Kleidungsstücke bereit, so daß er nur hineinzuschlüpfen brauchte, sobald er aus dem winzigen Badezimmer kam. Die Socken und Schuhe noch in der Hand haltend, eilte er aus dem Zimmer, warf die Tür mit lautem Knall hinter sich ins Schloß und stürzte sich, immer zwei Stufen auf einmal nehmend, die steile, enge Treppe zum Wohnraum hinunter. Unten merkte er, wie kalt die Fliesen noch von der Nacht waren, zog hüpfend Socken und Schuhe an und nahm sich dann ein Stück Brot vom Vortag aus der Schublade. Für einen Schluck kalten Espresso aus dem Metallkännchen mußte auch noch Zeit sein, denn das Brot war ziemlich hart, und er hatte seit gestern morgen nichts mehr gegessen.

Hastig stellte er seine Tasse in die graue Steinspüle, ließ kurz etwas Wasser darüber laufen und war schon bei der

Eingangstür. Als er sie knarrend öffnete, überflutete ihn das Licht des frühen Sommermorgens, so daß er blinzeln mußte. Entschlossen verriegelte er die Haustür hinter sich und machte sich auf, dem wichtigsten Tag seines Lebens die Stirn zu bieten.

Francesco Romero war von der ersten zuschlagenden Tür aus tiefem, aber unruhigem Schlaf geweckt worden. Die polternden Schritte auf der hölzernen Treppe sorgten dafür, daß er nicht umgehend wieder einschlief, und als er kurz danach die Eingangstür hörte, beschloß er, trotz seiner Kopfschmerzen die Augen zu öffnen.

Das erste, was Marcellos Vater sah, war die leere Korbflasche auf dem Fußboden neben seinem Bett. Das Glas mit den angetrockneten Resten des billigen Chianti stand auf dem Nachttisch. Als er es anstarrte, fiel sein Blick auf das Foto in dem schlichten, alten Silberrahmen, das unmittelbar dahinter stand. Es zeigte eine lebensfrohe, strahlend hübsche junge Frau, die auf dem Rand eines Bootes saß und in die Kamera lachte.

Vorsichtig nahm Francesco Romero das Bild in die Hand, betrachtete es mit einem schmerzlichen Ausdruck und legte es dann mit dem Gesicht nach unten in die Schublade seines Nachttisches. Mit einer entschlossenen Bewegung schob er das Schubfach zu, dann war er endlich bereit, sich auch seinem Tag zu stellen.

Marcello hetzte die Hauptstraße entlang, während er an dem letzten Bissen seines Brotes kaute. Der Tag war ebenso strahlend wie der vorangegangene, und genauso würde der folgende Tag sein. Es sah aus, als wären schon alle auf den Beinen, denn es war Markttag, und während auf dem Dorfplatz noch eilends die letzten Verkaufsstände aufgebaut wurden, liefen überall schon die Frauen mit ihren großen, bunten Basttaschen umher und prüften das Angebot. Für Marcello gab es kaum ein Durchkommen.

Eine Frau, die an ihrem Stand gerade Aprikosen zu ordentlichen Stapeln türmte, rief ihm zu: »*Ciao,* Marcello!«

»*Ciao,* Signora Remora!« Er versuchte den Marktplatz so schnell wie möglich hinter sich zu bringen, doch aus einer Gruppe schwatzender Frauen löste sich eine kräftige, ältere Frau und stellte sich ihm in den Weg.

»*Buon giorno,* Marcello! Du kommst doch nachher bei uns vorbei, wie abgemacht, oder?«

»*Buon giorno,* Signora Ricaldi. Natürlich, wie abgemacht!« Nur mühsam gelang es Marcello, sich an ihr vorbeizudrücken, ohne vollkommen unhöflich zu wirken. Als er es dann noch geschafft hatte, kurz vor dem Esel des alten Giacomo, der unter einer Ladung großer, geflochtener Vorratskörbe fast verschwand, aus der Gasse zwischen den Ständen zu schlüpfen, da rannte er befreit los, den Hügel zur Villa der Cesseros hinauf. Daß ihm ein paar Marktleute kopfschüttelnd hinterher sahen, bekam er gar nicht mehr mit.

Schwer atmend erreichte er Minuten später das Portal der Villa. Als er auf den goldenen Klingelknopf drückte, ertönte tief im Inneren des Hauses ein melodischer Gong. Nach einer Weile öffnete sich die Tür, und ein

Dienstmädchen in schwarzer Uniform mit weißer, makellos gebügelter Schürze fragte ihn, was er wünsche.

Wenn ich das erzählen würde, würdest du mir dann helfen? dachte Marcello bei sich, doch laut sagte er: »*Buon giorno,* Signorina. Ist Armond da? Ich müßte ihn dringend sprechen.« Er hoffte, sein heftiges, angestrengtes Atmen würde sich beruhigt haben, bis er Armond gegenüberstehen würde. Sein Rivale sollte nicht wissen, wie schnell er auf dem Weg hier heraufgelaufen war; vor allem aber sollte er sich nicht einbilden, er wäre seinetwegen aufgeregt.

»Ich glaube, Armond schläft noch.« Das Mädchen lächelte freundlich. »Es wäre ihm bestimmt nicht recht, wenn er geweckt würde. Aber ich will gerne erst nachsehen.«

Marcello nickte, und während das Mädchen wieder im Haus verschwand, trat er vor Nervosität von einem Bein aufs andere. Dann ging er ein paar Schritte die Auffahrt entlang, wandte sich zurück zur Tür und schaute unwillkürlich nach oben. Da stand Armond am Fenster seines Zimmers und blickte mit unbeweglicher Miene auf ihn herab. Eine Sekunde später verschwand sein Kopf so abrupt hinter der Gardine, als habe Marcello ihn bei irgend etwas Verbotenem überrascht.

Armond ließ sich Zeit. Als er endlich zur Tür kam, trug er einen offensichtlich maßgeschneiderten Schlafanzug mit den Initialen AC auf die Brusttasche gestickt, dazu ein Paar lederne Hausschuhe. Marcello fand, daß er gräßlich aussah. Doch zu seiner übergroßen Erleichterung hatte Armond tatsächlich das Bild mitgebracht.

» Marcello, du hast dich also doch noch entschlossen, mein freundliches Angebot anzunehmen.« Wieder grinste Armond überheblich.

»Morgen, Armond«, meinte Marcello kühl. »Könnte ich jetzt bitte das Bild haben?«

Sein Rivale hielt ihm das Gemälde entgegen, doch als Marcello danach greifen wollte, zog er plötzlich seinen Arm zurück.

»Vergiß ja nicht, was wir abgemacht haben, Romero«, sagte er warnend. »Wenn du deinen Teil unserer Abmachung nicht einhältst, wird das für dich das Letzte gewesen sein, was du in diesem Dorf getan hast. Das gleiche gilt auch für deinen Vater. Wir würden euch fertigmachen, *capisci?*«

»Das Bild!« Fordernd streckte Marcello ihm seine Hand entgegen, und diesmal bekam er das Bild. Auf der Stelle drehte er sich um, und ohne ein weiteres Wort zu verlieren, lief er in Richtung Camogli.

Armond starrte ihm nach, voll kopfschüttelnder Verachtung für Menschen, die so leicht bereit waren, ihre Würde zu verkaufen.

Eine Viertelstunde später stand Marcello am entgegengesetzten Ende des Dorfes schwer atmend vor der Tür von Signora Granduzzi, das Gemälde unter dem Arm, das er sich noch nicht einmal angesehen hatte, und klingelte.

»*Buon giorno,* Signora!« sagte er, und es klang fast so, als könne er ein leises Gefühl des Triumphes nicht ganz unterdrücken, als er hinzufügte: »Hier ist Ihr Bild.«

Strahlend sah ihn Signora Granduzzi an, dann drückte sie ihn voller Überschwang ganz fest an sich, um ihm schließlich das Bild abzunehmen. Sie blickte kurz darauf, lächelte wehmütig und drehte es sofort so, daß Marcello nichts mehr sehen konnte. Dann sagte sie: »Ich danke dir, Marcello. Du weißt nicht, wie viel es für mich bedeutet, dieses Bild in Händen zu halten. Du kannst dem Priester sagen, daß ich morgen in der Messe sein werde.« Sie drückte das Bild an sich, nickte ihm noch einmal zu und verschwand im Haus.

Kaum war die Tür hinter ihr zugefallen, rannte Marcello auch schon wieder los, diesmal Richtung Kirche. Wenn nur Don Graziano da war!

Eine viel zu lange Weile und etliche Ermahnungen wegen seiner eigenen Saumseligkeit in Kirchendingen später stolperte Marcello schwerbeladen mit dem Grammophon aus der Tür des Pfarrhauses.

»Vorsicht, mein Junge! Nicht daß du es gleich zerstörst. Aber ich schulde dir Dank, Marcello – die Seele, die du für uns zurückgewonnen hast, bleibt uns hoffentlich länger erhalten. Ach ja, und laß dich vielleicht auch einmal blicken, wenn du gerade nichts von uns brauchst …«

Marcello konnte nur nicken; mit den Gedanken war er längst schon bei seinem nächsten Tausch.

Riccardo saß auf seinem gewohnten Platz auf der Hafenmauer, ließ die Beine herunterbaumeln und dachte über Marcello nach. Als er am Morgen bei ihm vorbeigegangen war, hatte auf sein Klopfen niemand geöffnet. War sein Freund doch zu Hause gewesen und hatte sich nur verzweifelt von der Welt abgeschottet, weil alles vorüber war?

»Riccardo, du lebst ja noch!« Mit unbekümmertem Schwung hievte sich Tito neben ihn auf die Mauer und klopfte ihm auf die Schulter. Gleich darauf folgte Paolo, der einen Arm um ihn legte und mit ehrlicher Besorgnis fragte: »War es sehr böse gestern?«

»Ach, es hätte schlimmer kommen können. Ich mußte mir einen längeren Vortrag über Verantwortung anhören, so in der Art ›In Ihrem Alter sollten Sie es wirklich besser wissen‹, und dann gab es noch die obligatorische Zugabe.«

»Wie, ist Selinas etwa handgreiflich geworden?« Jetzt hatte er auch das besorgte Interesse Titos, der fürchtete, am Montag sei er selbst an der Reihe.

»Nein, aber viel freie Zeit werde ich in nächster Zukunft nicht haben. Na ja, ich denke, das war es wert.«

»Dann können wir doch gleich eine Arbeitsgemeinschaft aufmachen. Am Montag werden wir ja wohl auch an der Reihe sein.« Man sah Tito an, daß er sich vor einer körperlichen Bestrafung weniger gefürchtet hätte als vor den ellenlangen schriftlichen Aufgaben, denen er nun ins Auge blickte.

»Das glaube ich nicht. Selinas wird schon ahnen, daß ihr mit draußen wart, aber er hat keinen handfesten Beweis. Und er ist nicht ungerecht. Er hat Armond ganz kalt abblitzen lassen, als der versucht hat, euch reinzureißen. Copello wird ihm auch nicht weiterhelfen können, denn der hat bestimmt immer noch mit sich selbst zu tun. Er hätte einem beinahe leid tun können.«

»Weißt du, was mir leid tut? Daß ich gestern so dumm in dich hineingelaufen bin. Sonst hätte dich Selinas niemals erwischt, das weiß ich genau.« Paolo war so ernsthaft zerknirscht, daß Riccardo lächeln mußte.

»Vergiß es. Erzählt mir lieber, ob ihr Marcello heute schon gesehen habt.«

»Hat Selinas ihn denn auch erwischt?« fragte Tito erschrocken. Irgendwie war für ihn immer klar gewesen, daß ihr großes Abenteuer gut ausgehen würde, auch wenn Marcello bei diesem Mädchen bestimmt keine Chance hatte.

»Nein, aber dafür bekommt er am Montag bestimmt richtige Schwierigkeiten.«

»Was wird dann aus dem Stipendium?« erkundigte sich Paolo.

»Ich habe keine Ahnung, aber ich kann mir kaum vorstellen, daß Selinas ihn jetzt noch in irgendeiner Weise unterstützt.«

Einen Augenblick sagte keiner der drei etwas, dann rief plötzlich Tito: »Da ist er ja!« Tatsächlich, da kam Marcello, etwas wie einen großen Karton vorsichtig vor sich her balancierend, das unter einem grellroten Tuch verborgen war. Er schien begütigend auf das Ding in seinen Armen einzureden und war so konzentriert, daß er sie gar nicht bemerkt hatte.

»He, Marcello! Warte auf uns!« Tito war als erster bei ihm, dann umringten sie ihn zu dritt, und Paolo fragte: »Was, um Himmels willen, ist denn das?«

»Hallo, Jungs. Das ist der Kanarienvogel von Signora Remora, und ich habe Angst, daß er von der Stange fällt oder sich vor Aufregung verletzt, ehe ich ihn bei den Ricaldis abgeliefert habe. Tut mir leid, aber ich muß weiter. Ich habe noch eine Million Aufträge zu erledigen. Es ist schon fast Mittag!«

»Einen Moment, Marcello. Wir haben uns wirklich Sorgen um dich gemacht. Außerdem ist es gerade erst kurz nach elf. Die eine Minute Zeit muß sein«, sagte Riccardo so bestimmt, daß Marcello widerstrebend stehenblieb. Wie schwer es ihm fiel, sah man am nervösen Scharren seiner Füße und an dem gequälten Blick, mit dem er den Hausfrauen hinterherschaute, die mit schweren Taschen voller Markteinkäufe zielstrebig nach Hause eilten.

»Wie ist es dir gestern abend ergangen?« wollte Riccardo nun wissen.

Marcello, der mit seinen Gedanken offensichtlich an einem gänzlich anderen Ort war, fragte zurück: »Was meinst du? Meinen Besuch in der Cessero-Villa?«

»Was denn sonst, du Träumer?« Riccardo ignorierte die erstaunt fragenden Blicke von Tito und Paolo und wartete darauf, daß Marcello sich gesammelt hatte.

»Tut mir leid, Ricci, aber seit gestern ist so viel passiert. Also, ich war da, und Armond hat mir aufgemacht.« Hier stockte Marcello, denn der Kanarienvogel unter dem Tuch begann aufgeregt in seinem Käfig herumzuflattern. Er versuchte ihn mit melodischem Pfeifen zu beruhigen, während Tito sagte: »Wenn ein Kanarienvogel dasselbe Farbempfinden hat wie ein Stier, dann kannst du lange pfeifen. Erzähl uns lieber, was du bei Armond gewollt hast!«

Riccardo sah, wie verzweifelt gern Marcello einfach

weitergelaufen wäre, und sprang seinem Freund bei, obwohl er selbst darauf brannte, von dem Gespräch mit Armond zu erfahren. »Nun, ganz offensichtlich hast du irgendeinen Handel mit ihm gemacht, sonst würdest du jetzt nicht wie angestochen durch die Gegend laufen. Mach, daß du weiterkommst; ich erzähle den beiden inzwischen, was sie wissen müssen.«

»Danke, Ricci. Ich schaffe es wirklich nicht, wenn ich um vier bei den Gamboccinis sein will. Tut mir leid, aber ich verspreche, euch später alles zu erklären.« Und schon war er wieder unterwegs, so schnell dieses Mal, daß er beinahe das Tuch von dem Vogelkäfig verloren hätte.

Zurück blieben zwei konsternierte Freunde und Riccardo, der Marcello besorgt nachblickte. Endlich wandte er sich Paolo und Tito zu und sagte: »Ich glaube, ich sollte euch auf den neuesten Stand bringen. Aber ich muß euch warnen, der ist noch von gestern. Das Ende dieser Geschichte wird gerade erst von Marcello geschrieben.«

Eine Viertelstunde später verfluchte sich Marcello dafür, daß er seine Freunde nicht um Hilfe gebeten hatte. Er hatte es gerade von dem Hof der Ricaldis bis zur ersten Wegbiegung geschafft, und schon war er sich sicher, mit dem Weinstock in dem mit feuchter Erde gefüllten Tonkübel keinen einzigen Schritt weiter gehen zu können. Die Sonne stand mittlerweile fast senkrecht am Himmel, und wenn sie auch noch nicht die Stärke des Hochsommers hatte, so setzte sie ihm doch gewaltig zu.

Verzweifelt ließ er sich im Schatten einer riesigen alten

Pinie zu Boden fallen. Mit dem Rücken an ihren Stamm gelehnt, konnte er fast das halbe Dorf übersehen. Plötzlich stutzte er. Dort unten stand Armond, direkt vor dem Haushaltswarenladen von Massimo Sorrentino. Nun verschwand er im Laden. Was mochte Armond in solch einem Geschäft wollen? Bestimmt nicht seiner Mutter beim Einkaufen helfen. Gebannt wartete Marcello, daß er wieder herauskam.

Es dauerte keine fünf Minuten, bis Armond wieder auf die Straße trat. Auch aus etlichen Metern Entfernung konnte Marcello erkennen, was sein Widersacher in dem Laden gewollt hatte.

Seit der letzten Weihnachtszeit hatte im einzigen Schaufenster von Sorrentinos Geschäft ein Ungetüm von einer Vase gethront, mit zwei verschnörkelten Henkeln und goldenem Zierat üppig verbrämt, für deren Preis man im selben Laden einen neuen Herd hätte bekommen können. Darüber, ob dieses Monstrum schön sei oder nicht, gingen die Meinungen im Dorf sehr weit auseinander. Einig war man sich allerdings darüber, daß in Camogli noch nie ein Gegenstand angeboten worden war, der solch einen Gipfel an Luxus darstellte. Und nun hatte Armond dieses Prunkstück gekauft, um Elenas Vater zu beeindrucken.

Marcellos Schwäche war wie verflogen. Mit wütender Entschlossenheit packte er seine schwere Last und wuchtete sie sich auf die Schulter. Noch hatte Armond nicht gewonnen, nicht solange er noch einen Fuß vor den anderen setzen konnte.

Es war schon fast ein Uhr, als Marcello mit Tomasso Manfredis Schrotflinte unter dem Arm an Signora Cesaris Tür klopfte. Als keine Reaktion erfolgte, versuchte er es mit stärkerem Klopfen, und als auch das nicht fruchtete, pochte er schließlich mit dem Kolben der Flinte gegen die Tür.

»Willst du meine Tante erschießen?« fragte eine verängstigte Stimme irgendwo hinter ihm. Er fuhr herum und entdeckte ein verschüchtert dreinblickendes, vielleicht sechs Jahre altes Mädchen, das aus einem Fenster im ersten Stock des Hauses gegenüber zu ihm heruntersah. Schlagartig begriff er, was er für ein Bild abgab: ein junger, ziemlich wild aussehender Mann, der mit einem Gewehrkolben an eine Tür hämmerte. Er schämte sich.

»Nein, um Gottes willen. Deine Tante hat diese Flinte bei mir bestellt, und ich wollte sie ihr nur bringen. Aber dann muß ich es eben später noch einmal versuchen.«

»Sie ist vorhin zum Markt gegangen. Da bleibt sie immer furchtbar lange, obwohl sie ganz wenig kauft. Ich glaube, sie will sich vor allem mit den Marktfrauen streiten.«

»Dann ist es ja vielleicht gar nicht gut, wenn ich ihr die Flinte gebe. Nein, du brauchst keinen Schreck zu bekommen. Ich werde einfach versuchen, sie auf dem Markt zu finden. *Mille grazie*, du hast mir sehr geholfen!«

»Das habe ich gerne getan. Ich glaube, eigentlich bist du gar nicht böse. Aber du solltest dich nicht so hetzen!«

Aber die letzten Worte hörte Marcello bereits nicht mehr, denn er war längst im Laufschritt zum Marktplatz unterwegs.

Auf dem Markt herrschte Hochbetrieb. Man hätte gar nicht glauben mögen, daß es in dem beschaulichen Dörfchen derart viele Menschen gab. Sie drängten sich um die Stände, als fürchteten sie, nach diesem einen Markttag werde es nie wieder etwas zu kaufen geben.

Marcello versuchte sich einen Weg durch die Menge zu bahnen, die Flinte so unauffällig wie möglich unter den Arm geklemmt, und doch verfolgte ihn manch entgeisterter Blick. Ein verschwitzter, gehetzt dreinblickender junger Mann mit Waffe, der sich zwischen den Käufern durchdrängte und nur an den Kreuzungen der Marktgassen kurz innehielt, um hektisch nach irgend etwas oder irgend jemandem Ausschau zu halten – dergleichen sah man auch auf dem Markt von Camogli nicht jeden Tag, wo es ansonsten alles zu geben schien.

Plötzlich schrie eine Frau mit giftiger Stimme: »He, paß doch auf, wo du hinläufst!«

Marcello hatte sich mit dem Lauf der Flinte in den Bastgriffen einer übervollen Einkaufstasche verfangen, ein Griff war den Händen der erbosten Trägerin entglitten, und aus der gefährlich schief hängenden Tasche fiel eine saftige, reife Apfelsine nach der anderen auf das Pflaster.

»*Scusi,* Signora!« Bei dem Versuch, so viele Orangen wie möglich zu retten, stieß Marcello der äußerst temperamentvollen älteren Dame auch noch den Lauf der Flinte in die Rippen, woraufhin sie sich endgültig keinerlei Zurückhaltung mehr auferlegte: »*Stupido! Cretino! Mafioso!* Laß die Finger von meinen Sachen, die kriegst du nicht! Glaubst du, deine lächerliche Vogelflinte beeindruckt mich? Mach, daß du fortkommst!« Sie schlug so heftig mit ihrem knorrigen Gehstock nach ihm, daß Marcello mit hochrotem Gesicht das Weite suchen mußte, unter dem schadenfrohen Gelächter derjenigen, die seine Schmach mitbekommen hatten.

Er sah zu, daß er hinter den Brunnen auf die andere Seite des Marktes kam, wo die Händler mit den fröhlichen, bunten Stoffballen und den vielen kleinen Dingen des täglichen Bedarfs ihre Stände aufgebaut hatten. Hier versuchte er gar nicht erst, alle Gassen abzulaufen, sondern kletterte auf den Rand des Brunnens und rief, so laut er konnte: »Signora Cesari! Signora Cesari!«

Marcello hatte das Gefühl, daß ihn jeder anstarrte, doch er gab nicht auf. »Signora Cesari!«

Tatsächlich, die freundliche kleine Dame mit dem schwarzen Kopftuch, die eben noch einen dunkelblauen Leinenstoff prüfend zwischen Daumen und Zeigefinger gerieben hatte, drehte sich um, und als sie Marcello erkannte, zwängte sie sich zu ihm durch.

»Signora Cesari, ich habe Ihre Flinte!« rief er aufgeregt, noch bevor sie bei ihm angelangt war. Sie wirkte ein wenig überrascht, besonders als er die Waffe triumphierend in die Luft reckte. Endlich schien sie sich zu erinnern.

»Ach ja, die Flinte ... Eigentlich hatte ich gestern auf dich gewartet, und als du nicht gekommen bist ...«

»Tut mir wirklich leid, aber ich konnte sie erst heute besorgen. Können wir jetzt gehen?« Ungeduldig begann Marcello an ihrem Arm zu ziehen.

»Aber meine Einkäufe ...«, protestierte die vollkommen überrumpelte Signora und wies vorwurfsvoll ihre beiden erst zur Hälfte gefüllten Einkaufstaschen vor.

»Die trage ich Ihnen natürlich gerne«, erwiderte Marcello. Im nächsten Augenblick schlug es vom Turm der San Ginepro-Kirche her zwei Uhr. »Bitte, ich habe es ein wenig eilig!« Kurz entschlossen griff er sich die beiden Taschen und lief schon einmal vor, so daß der immer noch protestierenden Signora Cesari nichts anderes übrig blieb, als widerstrebend zu folgen.

Mit seinem gewinnendsten Lächeln wandte sich Marcello noch einmal um. »Ich verspreche, es wird nicht lange dauern!«

Kaum zehn Minuten später tastete sich Marcello rückwärts die beiden Stufen vor Signora Cesaris Tür hinunter. Er hielt eine kindgroße Venus aus Ton innig umarmt und versuchte, weder zu stürzen noch an ihrem Gewicht zu verzweifeln, das dem einer ausgewachsenen Dame aus Fleisch und Blut zu entsprechen schien.

Vom Balkon hinter ihm rief eine fröhliche Mädchenstimme: »Siehst du, jetzt gehst du viel langsamer. Du mußt aber auch aufpassen, daß du deine Freundin nicht fallen läßt!«

Marcello mußte lächeln, und ohne die Statue abzusetzen, auf die Signor Santolini schon so sehnsüchtig wartete, winkte er der kleinen Nichte von Signora Cesari freundlich zu. Dadurch achtete er für einen Augenblick nicht sorgfältig genug auf seinen Weg. Prompt wäre er beinahe über einen kleinen Straßenhund gefallen, der neugierig herbeigelaufen war und sich ausgerechnet vor seinen Füßen mitten auf die Gasse gelegt hatte. Marcello hatte große Mühe, die Balance zu halten, und als er um das Tier herumstolperte, rannte er geradewegs in Signora Talanto, die eben mit vollen Markttaschen in beiden Händen in die Gasse eingebogen war und ohnehin Mühe hatte, auf den unvermeidlichen Stilettabsätzen nicht aus dem Gleichgewicht zu geraten.

Bei dem Zusammenprall stieß sie einen spitzen Schrei aus, geriet ins Wanken, ließ schließlich beide Taschen fallen und versuchte, mit rudernden Armen einen Sturz zu vermeiden. Doch es nützte nichts – rücklings fiel sie auf ihr ansehnliches Hinterteil. Da saß sie nun, wenig graziös mit gespreizten Beinen inmitten ihrer verstreuten Einkäufe und rang nach Luft.

Marcello setzte vorsichtig seine Venus ab, stützte sie noch vorsorglich mit einer Hand an der ersichtlich nach der Natur gearbeiteten Büste und streckte Signora Talanto die andere Hand entgegen.

Voller Empörung wehrte sie ab. »Laß mich! Bleib bloß weg von mir!«

»Es tut mir wirklich leid, Signora Talanto. Bitte lassen Sie mich helfen!«

Sie versuchte gleichzeitig, ihr viel zu kurzes Kleid daran zu hindern, noch höher zu wandern, und wieder auf die Füße zu kommen. Beides mißriet vollkommen. Während sie erneut auf ihre Kehrseite fiel, stellte sie ein ziemlich knappes schwarzes Seidenhöschen zur Schau. Marcello, der einsah, daß er ihr in diesem Moment besser nicht zu nahe kam, versuchte von den über die Fahrbahn verteilten Einkäufen so viele aufzusammeln, wie er erreichen konnte, ohne die Hand von seiner Venus zu lassen.

In ohnmächtiger Wut schimpfte Signora Talanto: »Laß meine Sachen in Ruhe! Laß mich in Ruhe! Mach, daß du fortkommst!« Dann griff sie sich den ersten besten Gegenstand, den sie erreichen konnte, eine Tomate, und warf sie nach Marcello. Er duckte sich nicht, um seine Statue nicht zu gefährden, aber das Geschoß verfehlte beide Ziele um mehrere Meter.

»*Scusi*, Signora, *scusi mille volte!*« stammelte Marcello, umarmte seine Venusstatuette, hob sie hoch und hastete davon.

Ohne weiter auf ihr Kleid zu achten, bemühte sich Signora Talanto erneut aufzustehen. Sie hatte sich mit den Armen bereits zur Hälfte hochgestemmt, aber als sie auf die Füße zu kommen versuchte, brach der Absatz ihres linken Schuhs ab. Unelegant landete sie auf dem Bauch, ihre kunstvoll hochtoupierte Frisur löste sich und fiel traurig zu einer Seite herunter. Mit einem wenig damenhaften Fluch setzte Signora Talanto sich auf und blieb mitten auf der Fahrbahn mit trotzig verschränkten Armen sitzen.

Wie auf ein Stichwort fuhr in eben diesem Augenblick der rote Lancia um die Ecke. Sein Fahrer fand den Anblick der derangierten Schönen offenbar höchst anregend, lehnte sich aus dem Fenster und rief: »*Coraggio*, Signora. *Mi piace anche cosí!*« Dann fuhr er in einer sanften Kurve langsam um das lebende Hindernis herum.

Das war der Moment, wo Signora Talantos Zorn überkochte. Ohne nachzudenken, griff sie nach dem abgebrochenen Stilettabsatz und schleuderte ihn in Richtung des ungalanten Romeos. Zu beider Verblüffung flog er in einer geraden Bahn fünf, sechs Meter durch die Luft, hinein in das offene Fenster auf der Fahrerseite des Lancia, und traf den entgeisterten Fahrer genau an der Schläfe, ehe er noch irgendeine Abwehrbewegung machen konnte.

Quietschend kam der Wagen quer zur Fahrbahn zum Stehen. Das sprachlose Opfer rieb sich die schmerzende Stelle und sah aus wie ein kleiner Junge, der von seinem Vater zu Unrecht eine Ohrfeige bekommen hatte. Fast hätte man meinen mögen, er finge gleich zu weinen an.

Signora Talanto war zunächst sprachlos über das, was sie angerichtet hatte. Dann stieg ein unbändiger Drang zu lachen in ihr auf. Schließlich saß sie mitten auf der Dorfstraße von Camogli, hatte die Arme in die Hüften gestemmt und lachte so herzhaft, daß ihr beinahe die Luft wegblieb. Der beleidigte Lanciafahrer würdigte sie keines Blickes mehr. Mit aufheulendem Motor setzte er zurück, legte krachend den Vorwärtsgang ein und verließ den Ort seiner Demütigung so schnell, wie ihn sein Auto tragen mochte.

Die Vorbereitung

Armond hatte sein Schlafzimmer immer gehaßt. Sein Vater hatte darauf bestanden, es mit Möbeln auszustatten, in denen schon Generationen fremder Leute gelebt hatten und vermutlich auch gestorben waren. Deswegen verabscheute er sein Bett besonders, das auf seinen vier gedrechselten Pfosten einen lächerlichen Baldachin trug. Warum konnte er nicht einfach eines von diesen schlichten, modernen Betten haben, wie man sie in den amerikanischen Filmen sah, die er sich ab und zu in Genua angeschaut hatte? Wie würde es wohl wirken, wenn er lässig mit einer Zigarette im Bett lag, und der Rauch stiege auf zu einem verstaubten Baldachin aus jahrhundertealtem Brokat? Nur gut, daß es in solch einem Nest wie Camogli undenkbar war, ein Mädchen mit in das eigene Zimmer zu nehmen, mit dem man nicht verheiratet war. Obwohl, wenn man ihr das richtige zu trinken gab …

Armond, der dabei war, aus dem reichgeschnitzten Eichenschrank Kleidungsstücke auszuwählen und auf dem Bett auszubreiten, stutzte und durchwühlte nochmals alle Schubladen, ohne auf die Unordnung zu achten, die er unter den Stapeln sorgfältig gebügelter Hemden anrichtete.

»Maria! Komm sofort her!«

Obwohl das Hausmädchen fast umgehend an die Tür klopfte und dann schüchtern hereinkam, war Armond außer sich.

»Wie lange soll ich noch warten? Maria, was hast du mit meinen Seidenhemden gemacht?«

»*Scusi,* Signore, aber ich habe gar nichts damit gemacht ...«

»Und wo sind sie dann abgeblieben?« unterbrach er sie rüde.

Das Mädchen schien den Tränen nahe zu sein. »Ich bitte um Verzeihung, aber sie sind zum Waschen ausgegeben.«

»Wie bitte? Alle meine Seidenhemden? Wer ist denn auf diese geniale Idee gekommen?«

»Ihre Frau Mutter hat gedacht, Sie freuen sich, wenn ...«

»Nein, Maria, ich freue mich überhaupt nicht. Ich habe heute nachmittag eine wichtige Verabredung und habe vor, zu diesem Anlaß ein Seidenhemd zu tragen. Also sieh zu, daß du eins herbeischaffst, und zwar plötzlich!«

»*Sì,* Signore«, brachte das Mädchen gerade noch heraus, dann drehte es sich schnell um und lief aus dem Zimmer.

Armond meinte, sie im Flur aufschluchzen zu hören, aber anders als sonst bereitete ihm das diesmal kein Vergnügen. Mißmutig blickte er auf das Zifferblatt der vergoldeten Rokokouhr auf seinem Nachttisch, sie zeigte fast halb drei.

Grimmig murmelte er: »Verdammtes Weibsbild«, und es war ihm selbst nicht ganz klar, ob er damit Maria meinte oder seine Mutter. Dann steckte er den Kopf wieder in den Kleiderschrank und durchwühlte ihn ein weiteres Mal.

Marcello kämpfte sich die Hauptstraße entlang, diesmal ein riesiges Ungetüm von Radio vor sich her wuchtend, das er mit seinen Armen kaum umfassen konnte. Er hatte das Gefühl, daß seine Arme immer länger wurden, so schwer wog das Gehäuse aus poliertem Palisanderholz mit all den Spulen und Röhren darin. Er konnte sie fast schon splittern hören, wenn er gleich seinem Instinkt nachgäbe und die schmerzenden Finger löste und alles vorüber wäre ...

Doch da war endlich der Eingang zu Giannis Bar. Diese wenigen Meter würde er auch noch schaffen ... Quer schob er sich durch die Tür, einzelne Streifen des bunten Fliegenvorhangs verfingen sich zwischen ihm und seiner Last, und fast wäre ihm das kostbare Tauschobjekt doch noch entglitten. Aber mit letzter Willensanstrengung schaffte er es in die Bar, stemmte das Radioungeheuer mitten zwischen die Vermouthgläsern der verblüfften Marktheimkehrer auf die Theke und sagte heftig atmend zu Gianni: »Einen Espresso bitte. Und dann die Maschine.«

Francesco Romero, der zufällig die Hauptstraße entlanglief, hatte gesehen, wie sein Sohn kämpfen mußte, um mit seiner Last in die Bar zu gelangen. Er wußte zwar nicht genau, was Marcello da tat, aber daß es nur mit dem sechzehnten Geburtstag von Elena Gamboccini zu tun haben konnte, war offensichtlich. Er war noch zu weit entfernt, um eingreifen zu können, und ohnehin hatte er das Gefühl, daß es hier um etwas ging, das Marcello allein schaffen mußte. Dennoch wäre er am liebsten zu ihm gelaufen und hätte ihn in den Arm genommen, so wie früher, als er seinen Sohn bei seinen kleinen Niederlagen noch hatte trösten können. Wenn er nur gewußt hätte, wie er ihm nun trotz allem helfen könnte.

Nachdenklich fuhr sich Francesco Romero über das rasierte Kinn. Er sah überhaupt ganz anders aus als sonst, ordentlich gekämmt und mit einem frischen weißen Hemd über den schwarzen Sonntagshosen, die er schon seit Jahren nicht mehr aus dem Schrank geholt hatte. Die verstohlenen, bewundernden Blicke manch einer der vom Markt zurückkommenden Frauen, die ihm sein neues Selbst eintrug, bemerkte er erst, als eine besonders forsche Marktfrau von außerhalb im Vorübergehen leise pfiff und ihm ein »*Ciao, bello!*« zuwarf. Da lachte er laut auf, denn mit einem Mal war ihm eingefallen, was er für seinen Sohn tun konnte. Er machte auf der Stelle kehrt und lief in Richtung Hafen, und er sah glücklich dabei aus.

Marcello hatte endlich einmal Glück gehabt. Die alte Espressomaschine von Gianni war zwar riesig und so schwer, daß zwei Männer sie hätten tragen müssen. Aber Gianni hatte ihm den zweirädrigen Karren geliehen, mit dem sonst die Einkäufe für die Bar transportiert wurden. Das bedeutete zwar einen zusätzlichen Weg für Marcello, aber zumindest konnte er das altertümliche Gerät überhaupt zu den Pellos schaffen. Gianni hatte die beeindruckende Maschine aus längst fleckig gewordenem Messing gleich nach dem Krieg ausgemustert, als es mit der Bar wieder aufwärtsging, und eine von diesen perfekten, chromblitzenden Cimbalis mit zahllosen Hebeln, Schaltern und Lämpchen angeschafft. Marcello gefiel die alte Maschine mit dem großen verschnörkelten Adler viel besser, der über den beiden Hebeln für die Druckzylinder wachte, deren Griffe aus stumpfgewordenem Bakelit bestanden. Ein schöner Gedanke, daß aus den liebevoll ziselierten Auslauföffnungen wieder tiefschwarzer Kaffe rinnen würde, wenn dieses Prachtstück seinen Ehrenplatz in der Küche der Pellos eingenommen hatte.

So sehr war Marcello in Gedanken vertieft und zugleich mit der Aufgabe beschäftigt, seine kostbare Last auf dem holprigen Pflaster nicht von dem Karren zu verlieren, daß er erneut beinahe jemanden angerempelt hätte. Aus dem Augenwinkel bemerkte er gerade noch, wie eine Gestalt aus der Gasse zum Markt in seinen Weg einbog, brachte den Karren zum Stehen und blickte hoch, um sich zu entschuldigen.

Da stand sie, die schöne Elena, wie ein Traumbild direkt vor ihm. Kein Wort brachte er über die Lippen, denn obwohl ihn zugleich ein Gefühl ungeheurer Vertrautheit überkam, überwältigte ihn doch der Eindruck einer Anmut, wie sie nur jemand ausstrahlen kann, der um seine Wirkung nicht weiß. Jeder Filmstar in Cinecittà hätte sie um ihr tintenschwarzes, weich fallendes Haar beneidet, um die rätselhaften Augen, die kein noch so raffiniertes Make-up hätte verführerischer machen können, um die Lippen, die sich plötzlich zu einem überraschten Lächeln öffneten. War es spöttisch? War es freundlich? Fand sie es unverschämt, daß er sie so anstarrte?

Marcello versuchte seinen Blick zu lösen, doch statt dessen starrte er nun auf das schlichte tiefrote Sommerkleid, das keusch die Knie bedeckte und oben nur einen kleinen, halbrunden Ausschnitt aufwies und das dennoch keinerlei Zweifel daran ließ, daß Elena kein Mädchen mehr war.

Zu allem Überfluß spürte Marcello, wie er rot wurde. Er benahm sich wie ein ausgemachter Tölpel! Entschlossen blickte er Elena ins Gesicht, versuchte sich nicht erneut in dem tiefen Braun ihrer Augen zu verlieren und setzte an, ihr das zu sagen, was er ihr sagen mußte: »Du …«

Beide sagten dasselbe Wort. Auch Elena hatte zu einem Satz angesetzt, und beide brachen gleichzeitig ab und blickten einander tief in die Augen.

»Elena! Was ist los mit dir, was trödelst du herum? Hilf mir, die Sachen nach Hause zu tragen. Die ersten Gäste kommen gleich!«

Ohne Marcello eines Blickes zu würdigen, drückte Signora Gamboccini ihrer Tochter eine große Tasche voller klirrender Flaschen in die Hand, packte sie am Arm und zog sie mit sich. Marcello starrte den beiden hinterher, und noch einmal zeigte Elena ihm ihr Lächeln, als sie sich ein letztes Mal umwandte. Dann lief sie neben ihrer Mutter nach Hause.

Hatte er alles verdorben? War das Lächeln Mitleid gewesen, war es Verachtung? Nein, Verachtung hätte nicht zu seiner Elena gepaßt. Aber wäre Mitleid nicht das

Allerschlimmste? Was hatte er auch für ein erbärmliches Bild abgegeben!

Verschwitzt, verdreckt, einen merkwürdigen Karren ziehend, hatte er die Frau seiner Träume beinahe umgerannt, dann wie blöde angestarrt und nicht einen einzigen Satz herausgebracht. Und dann: Was hatte sie ihm sagen wollen? Du siehst aber seltsam aus? Du solltest demnächst ein wenig besser aufpassen?

Marcellos Gedanken rasten. Klar war ihm nur eines: Er hatte die Chance seines Lebens verpatzt. Doch was hätte er ihr überhaupt sagen sollen? Hätte er sie nicht nur verschreckt, wenn er sie in diesem Aufzug mitten auf der Straße mit der ganzen Wucht seiner Gefühle überfallen hätte? Alles Grübeln nützte nichts. Wenn er nicht hier und jetzt aufgeben wollte, mußte er sich gehörig beeilen. Er vergewisserte sich, daß die Espressomaschine fest stand, packte die Griffe seines Karrens und machte sich auf den Weg zu den Pellos.

Unten am Hafen saßen Riccardo und Paolo nun schon seit einer kleinen Ewigkeit auf der Mauer und sahen Tito zu, wie er mit seinem geliebten Baseball die üblichen Kunststücke vollführte.

Endlich brach Riccardo das Schweigen: »Wie weit Marcello wohl gekommen sein mag?« Er blickte Paolo an, der träge einen besonders glatten Meereskiesel durch die Finger gleiten ließ.

»Keine Ahnung. Aber er sollte sich auf jeden Fall sputen, denn viel Zeit kann er nicht mehr haben.«

»Tito, wie spät ist es?« rief Riccardo seinem Freund zu,

der als einziger die Kirchturmuhr von San Ginepro sehen konnte.

Tito warf den Ball senkrecht hoch, drehte sich in Richtung Kirche und fing zugleich den Ball lässig hinter seinem Rücken. »Kurz vor drei!« Dann steckte er den Ball in seine weite Hosentasche und lief zu den beiden hinüber. »Dann müssen wir uns beeilen!«

»Wieso müssen wir uns beeilen?« fragte Riccardo verblüfft, und auch Paolo schaute seinen Freund überrascht an.

»Na, wir müssen uns umziehen! Oder wollt ihr vielleicht so gehen?« meinte Tito, als habe er es mit zwei Begriffsstutzigen zu tun.

Riccardo hoffte, daß der Verdacht, der ihm unvermutet kam, falsch sein möge. »Du willst doch nicht etwa zu den Gamboccinis, oder?«

»Natürlich, wohin denn sonst?« fragte Tito, der überhaupt nicht verstand, was daran seltsam sein sollte.

»Ja, bist du denn völlig übergeschnappt? Du kannst es doch nicht allen Ernstes ausgerechnet bei Elena versuchen!«

»Meinst du, ich habe keine Chance? Immerhin habe ich ...«

Rüde fiel ihm Riccardo ins Wort. »Deine Chancen interessieren mich nicht. Hast du denn vergessen, was wir gestern alles aufgestellt haben? Und warum wir das gemacht haben?«

Allmählich schien es Tito zu dämmern, daß seine Pläne für den Nachmittag vielleicht doch nicht ganz durchdacht gewesen waren. Schon ein wenig verlegen, betrachtete er seine Fußspitzen.

»Sieh doch mal, Tito«, fuhr Riccardo fort. »Nehmen wir einmal an, du schaffst es. Dann gehst du fröhlich mit Elena aus, verbringst einen beschwingten Abend ... Und was sagst du dann Marcello? Kannst du wirklich so dämlich sein?«

Paolo legte ihm besänftigend den Arm um die Schulter. »Laß mal gut sein. Ich glaube, er hat es begriffen.«

Tito nahm den Ball wieder aus der Tasche, betrachtete ihn kurz und schleuderte ihn höher als den kleinen Leuchtturm in der Hafeneinfahrt. Als er wieder herunterkam, griff Tito das erste Mal, seit Riccardo ihn mit diesem Ball erlebt hatte, daneben und ließ ihn fallen.

Riccardo wandte sich zu Paolo und sagte versonnen: »Hast du das gesehen? So wahrscheinlich wie Schnee morgen früh. Ich hoffe, das ist ein gutes Zeichen – wenn Marcello es nämlich nicht schafft, weiß ich nicht, wie er das verkraften wird. Laß uns die Daumen drücken ...«

Eine gute Viertelstunde später trat Marcello aus der Tür von Signora Taloccis Haus, einen mittelgroßen Perserteppich in einer Rolle über die Schulter gelegt. Er versuchte ihn so in der Balance zu halten, daß die feinen Fransen nicht durch den Straßenstaub gezogen wurden, und hatte erkennbar mit dem Gewicht zu kämpfen. Signora Talocci stand in der Haustür und beobachtete mit besorgtem Blick, wie er sich die Gasse entlang kämpfte. Als er bereits fast an der Einmündung zur Hauptstraße war, fiel ihr etwas ein. Sie lief rasch ins Haus zurück, kam umgehend mit Marcellos Schulbuch zurück und rief ihm hinterher: »Marcello! Sieh mal, das Buch hast du gestern bei mir vergessen! Willst du es nicht mitnehmen?« Dabei schwenkte sie das Buch so, daß Marcello, der sich mühsam umgedreht hatte, es sehen konnte.

»Oh, vielen Dank. Könnte ich es vielleicht morgen abholen?« Marcello war viel zu sehr mit dem Kampf gegen den unförmigen Teppich beschäftigt, der ihm andauernd von der Schulter zu rutschen drohte, um sich große Gedanken über sein Schulbuch machen zu können.

»Natürlich, gern.« Für einen Moment dachte Signora Talocci nach, dann rief sie Marcello noch nach: »Ach, da fällt mir ein, ich könnte es ja vielleicht bei deinem Vater abgeben. Ich bin sowieso in der Nähe. Wäre dir das recht?«

»Ja, das wäre nett! *Grazie,* Signora!« Das Licht des frühen Nachmittags, das genau dort in die Gasse fiel, wo Marcello stand, legte eine Art Hof um seine schwankende Gestalt. Als er um die Ecke bog, mußte Signora Talocci unwillkürlich an die verschwitzte Christusgestalt denken, die sich einmal im Jahr bei der Osterprozession mit dem Kreuz auf der Schulter vom Hafen hinauf bis San Ginepro schleppte.

Lächelnd und mit beschwingtem Schritt ging Signora Talocci ins Haus zurück und fächelte sich mit dem Buch frische Luft zu. Doch diesmal fiel gerade, als sie die Haustür hinter sich zuzog, ein mit einer Büroklammer zusammengehefteter dünner Packen Blätter aus dem Buch, direkt vor ihre Füße. Sie hob das Konvolut auf. Der Titel weckte ihre Neugier: *L'amore e la paura,*

Die Liebe und die Furcht. Sie konnte nicht anders, sie nahm die Blätter mit zu ihrem Lieblingsplatz in dem kleinen Wohnzimmer, setzte sich in den geblümten Sessel und begann zu lesen.

Während Marcello mit seiner schweren Last die Straße zu den Schwestern hinauf keuchte, auf der zu dieser Nachmittagsstunde die sengenden Strahlen der Sommersonne noch mit unverminderter Kraft zu spüren waren, setzte hinter ihm im Dorf eine seltsame Prozession ein. Aus jedem Haus, aus jeder Gasse schienen adrett gekleidete junge Männer zu quellen, ihr Strom ordnete sich in einer Richtung, und schließlich erkannte man das Ziel: die Villa der Gamboccinis. Mit Wasser oder Öl gebändigte Haare, unbeholfen umgebundene Krawatten, blankpolierte Schuhe und ein aufwendig verpacktes Geschenk – unschwer konnte man am Äußeren der Bewerber erkennen, aus welchem Grunde sie zum Haus des schönsten Mädchens von Camogli strebten. Wo immer sie zusammenkamen, redeten sie nervös miteinander, als ob sie nicht gleich in einen Wettstreit treten mußten, den nur einer von ihnen siegreich bestehen konnte.

Einzig die Gestalt, die von der Cessero-Villa herab ins Dorf gekommen war, hielt sich abseits von den anderen: Armond, wie man ihn noch nicht gesehen hatte – im tadellosen dunklen Anzug, die Frisur vom *parruchiere* des Ortes zurechtgemacht, der sonst nur die Frauen verschönte, da die Männer lieber zu Hause die Haare schneiden ließen, als in der Nähe von Trockenhauben gesehen zu werden. Vor sich her balancierte er das riesige Paket, dessen Verpackung mit den zahlreichen goldenen und roten Schleifen schon ahnen ließ, daß es sich um etwas äußerst Extravagantes handeln mußte. Hätte Marcello ihn sehen können, dann wäre der einzige Trost für ihn gewesen, daß Armond trotz seines beherzten Ausschreitens offenbar einige Mühe mit dem Gewicht seines protzigen Präsents hatte – er schwitzte ausgiebig. Das hinderte ihn nicht daran, sogleich zur Spitze der kleinen Schlange zu gehen, die sich bereits vor dem Haus der Gamboccinis gebildet hatte, und, den zaghaften Protest hinter sich ignorierend, das eigene Geschenk als vorderstes ganz oben auf der Eingangstreppe zu deponieren.

Dann tupfte er sich mit seinem weißen, seidenen Einstecktuch den Schweiß vom Gesicht, kontrollierte in einem kleinen Taschenspiegel den Sitz seiner neuen Frisur und stellte sich lächelnd und mit vor der Brust verschränkten Armen direkt an der Eingangstür auf.

Die Flasche

Endlich öffnete sich die Tür der Calonne-Schwestern, und Rosetta blinzelte durch den Türspalt ins Sonnenlicht.

»*Si?* Ach, du bist es, Marcello. Meine Güte, wie siehst du denn aus? Komm doch erst einmal herein, was mußt du dich abgeschleppt haben. Leonora! Rate mal, wer hier ist ...«

Marcello fiel fast in die Tür, so sehr war er mit seinen Kräften am Ende. Die kühle, im Dunkeln liegende Vorhalle kam ihm wie ein Paradies vor, und er hoffte inbrünstig, daß die Schwestern noch etwas von ihrer Limonade übrig hätten, ganz gleich, ob mit frischer Minze oder ohne.

Mit schmerzender Schulter schleppte er den Teppich in den Wintergarten, und es gelang ihm, an keines der im Dunkeln verborgenen Möbelstücke anzustoßen. Nicht auszudenken, wenn er die Schwestern im letzten Moment noch gegen sich aufbrächte, indem er irgendein altes Familienerbstück beschädigte.

Leonora saß in genau dem Korbsessel, in dem sie auch bei seinem letzten Besuch gesessen hatte, zwischen all ihren Kissen, so, als hätte sie sich nicht einen Augenblick weg bewegt. Sie schien dieselben Sachen zu tragen, und vor ihr stand dasselbe Tablett aus Olivenholz, allerdings diesmal mit einer kleinen, mit Kirschblüten verzierten Teekanne und zwei dazu passenden Tassen darauf. Leonora blickte ihm erwartungsvoll entgegen, und er nahm alle Kraft zusammen, die ihm geblieben war, um den Teppich nicht einfach fallen zu lassen. Statt dessen warf er ihn mit großer Geste auf den Boden, rollte ihn so aus, daß die Fransen direkt vor Leonoras Sessel zum Liegen kamen, wies auf das kaum verblaßte Muster aus stilisierten Pfauen und Blumen und sagte: »Ich hoffe, er entspricht euren Vorstellungen!«

Dann ließ er sich auf einen Hocker fallen, ohne zu warten, bis man ihn dazu aufforderte, und fragte mit kläglicher Stimme: »Ist vielleicht noch etwas von der hervorragenden Limonade da? Ich glaube, ich muß sonst verdursten.«

»Rosetta, wärst du wohl so lieb? Denn das wollen wir natürlich nicht, Marcello. Obwohl wir dich eigentlich schon aufgegeben hatten.« Sie lächelte ihn strahlend an. Dann musterte sie den Teppich voller Enthusiasmus. »Marcello, du hast es tatsächlich geschafft. Wie wunderbar! Ich denke, er wird sich in der Vorhalle hervorragend machen, gleich unter dem Portrait unseres geliebten Bruders.«

Marcello bezweifelte, daß es irgendeinen Unterschied machen würde, ob man den Teppich dorthin oder unter ein anderes Bild legen würde; bei der permanenten Dunkelheit hätten die Schwestern vermutlich nicht einmal gemerkt, wenn man sämtliche Familienportraits vertauscht hätte. Dennoch sagte er: »Davon bin ich überzeugt.«

Wie zum Lohn für eine gute Tat erschien im selben Augenblick Rosetta mit einem Glas und einem großen, beschlagenen Krug voller frischer Limonade, in dem das Eis leise klimperte. Dankbar nahm Marcello das Glas entgegen, leerte es in einem Zug und bekam umgehend nachgeschenkt. Doch kaum war der erste, quälende Durst gelöscht, drängte es ihn auch schon wieder aufzubrechen.

»*Grazie*, Rosetta, aber ...«

»Kein Aber, mein Junge, du siehst aus wie eine vertrocknende Paradiesblume. Jetzt mußt du erst einmal ordentlich trinken und fünf Minuten verschnaufen.« Sie setzte den Krug mit Nachdruck auf dem Tablett vor Leonora ab, und beide Schwestern schauten ihn mit grimmiger Entschlossenheit an. Kein Zweifel, hier würde er erst fortkommen, wenn die Schwestern meinten, der rechte Zeitpunkt sei da.

Resignierend ließ Marcello sich ein weiteres Glas einschenken, und in der Tat, er konnte die Erfrischung gebrauchen. Dankbar sah er die beiden Schwestern an, die wissend lächelten.

Plötzlich schlug irgendwo im Haus eine Uhr viermal. Entsetzt fuhr Marcello zusammen, stellte sein Glas ab und fragte ängstlich: »Ist es wirklich schon so spät? Bitte entschuldigt, doch ich muß wirklich ...«

»Aber ja, das wissen wir doch. Nur schaffst du es in deinem Zustand wahrscheinlich nicht einmal bis ins Dorf. Du brauchst einen Moment, um wieder zu dir zu kommen. Hier, iß einen von unseren selbstgebackenen Zitronenkeksen. Du wirst sie mögen!« sagte Rosetta stolz.

Mechanisch nahm Marcello einen Keks; er schmeckte wirklich köstlich.

»Ah, die junge Liebe ... Weißt du noch, Schwester? Erinnerst du dich noch an meine erste Verabredung?« sagte Leonora in einem Ton, der Marcello beunruhigte, weil er verriet, wie weit fort die Erinnerungen sie wieder getragen hatten.

»Aber natürlich, Roberto Giovanni. Er sah großartig aus an deinem Geburtstag!«

»Ich glaube, alle unsere Freundinnen waren in ihn verliebt. Doch mit mir ist er ausgegangen. Was ist eigentlich später aus ihm geworden?«

»Du weißt doch, der erste große Krieg ... Er ist nie zurückgekommen.«

»Ach ja, diese Kriege«, seufzte Leonora. »Was für eine Tragödie!«

Marcello begann ungeduldig mit dem Knie auf und ab zu wippen, doch keine der Schwestern schien davon etwas zu bemerken. Leonora blickte sinnierend ihre Schwester an und fragte so, als ginge es um ein geheimes Ritual, bei dem sie sich gegenseitig immer wieder dieselben Stichwörter geben mußten:

»Und wer hat dich zu deinem sechzehnten Geburtstag ausgeführt? Ich fürchte, ich habe den Namen vergessen.«

»Ach, du weißt doch, der Romaldi-Junge.«

»Ja, gewiß, Renato Romaldi, ich erinnere mich wieder. Das war wirklich ein hübscher Bursche.« Zufrieden lächelte sie in sich hinein.

Marcello hielt es nicht länger auf seinem Hocker, er

sprang auf die Füße und sagte flehentlich: »Es tut mir wirklich furchtbar leid, aber ich muß ...«

»Du hast ja recht«, unterbrach ihn Leonora. »Ich denke, so können wir dich wieder auf die Straße lassen.« Mit einem fast schelmischen Lächeln blickte sie zu ihrer Schwester. »Rosetta, wärst du wohl so freundlich und würdest für Signor Romero eine Flasche vom Elixier aus dem Keller holen? Ich fürchte, wenn wir ihn nicht auf der Stelle gehen lassen, explodiert er uns noch.«

Rosetta nickte, erhob sich von ihrem Stuhl und ging hinüber zu der schönen alten Kommode, auf der unzählige Blumentöpfe standen, leer, nur mit Erde gefüllt oder mit jungen Ablegern. Sie öffnete eine Schublade, und zwischen kleinen Schaufeln, Stöcken zum Aufbinden und etlichen Blumenknollen zog sie eine Flasche mit einem wunderschönen, handgemalten Etikett hervor. Mit feierlichem Ernst schritt sie zurück, nahm eine Leinenserviette von dem Teetablett, staubte sorgfältig die Flasche ab und reichte sie dann ihrer Schwester.

»Ah, wie aufmerksam von dir. Du hattest die Flasche bereits heraufgeholt! Nun, ich denke, wenn sie jemand verdient hat, dann dieser junge Mann hier. Bitte schön, Marcello.«

Schnell trat Marcello vor sie, und Leonora legte ihm die Flasche in die dankbaren Hände.

»*Mille grazie,* Leonora. *Mille grazie,* Rosetta!«

Beide nickten so stolz wie Mütter, die ihrem einzigen Sohn soeben das Haus der Familie überschrieben hatten. Dann meinte Leonora: »Wir haben dir auch zu danken. Du hast uns gezeigt, daß auch in der heutigen Welt noch etwas von dem übrig ist, woran wir früher geglaubt haben. Wir wünschen dir all das Glück, das du dir erträumst. Und jetzt wird Rosetta unseren jungen Romeo hinausführen.«

Damit sank Leonora in ihre Kissen zurück, und ehe sie den Kopf abwenden konnte, glaubte Marcello noch zu erkennen, wie ihr eine kleine Träne die Wange hinabrann.

In wenigen Sätzen sprang Marcello die Eingangstreppe hinunter. Den Weg ins Dorf schaffte er in einer Rekordzeit, so als hätte er sich den ganzen Tag für diesen Spurt ausgeruht. Dabei hielt er die Flasche fest in der Hand, bereit, sie jederzeit hochzuhalten, sollte er ins Straucheln kommen, und sie ohne Rücksicht auf die eigene Gesundheit zu schützen.

Als er sich dem Haus des Metzgers näherte, sah er bereits von weitem die Menge der wartenden Jungen, die nebenan ihre Geschenke abgegeben hatten und nun auf die Entscheidung von Signor Gamboccini warteten. Eine beängstigend kleine Schar stand auch noch an, ordentlich aufgereiht und ihre Geschenke vor sich haltend, und wartete darauf, vorgelassen zu werden.

So schnell er konnte lief Marcello durch Bellinis Gartentor, klopfte ungeduldig an die Tür, und als nicht unmittelbar eine Reaktion erfolgte, pochte er so ungestüm dagegen, daß man um das Holz fürchten mußte. Gerade wollte er seine Nase an die Scheibe des Küchenfensters pressen, um zu sehen, ob überhaupt jemand zu Hause war, als krachend die Tür aufflog und Bellini herausstürmte. Er war mit seinem unvermeidlichen Unterhemd angetan und derselben Metzgerhose, die er auch bei der Arbeit getragen hatte, und war außer sich vor Wut.

»Bist du von allen guten Geistern verlassen, Romero? Muß ich erst wirklich die Geduld verlieren?« brüllte er, doch Marcello ließ sich nicht einschüchtern.

Wie ein Exorzist sein Kreuz hielt er Bellini die Flasche mit dem Elixier entgegen, und die Wirkung hätte nicht größer sein können. Es war, als hätte man aus dem massigen Körper plötzlich alle Luft abgelassen. Der Metzger starrte ungläubig auf die Flasche, dann zu Marcello, und als er sich wieder einigermaßen gefaßt hatte, fragte er: »Wie, um alles in der Welt, hast du denn das gemacht?« Doch ehe Marcello zu einer Antwort ansetzen konnte, winkte er schon ab und fuhr fort: »Laß es, ich will es gar nicht wissen.«

Kopfschüttelnd ging er um das Haus herum, in den Teil des Gartens, wo der behelfsmäßige Käfig mit dem Hahn stand, der von seiner frühmorgendlichen Anstrengung offenbar so erschöpft war, daß er schlief. Marcello folgte ihm auf dem Fuße. Beherzt griff Bellini in den Käfig, packte den erwachenden Hahn am Hals und direkt über den Sporen an den Beinen und zog das wild protestierende und mit den Flügeln schlagende Tier heraus.

Marcello stellte die kostbare Flasche auf dem Käfig ab und fragte zögernd: »Sie hätten wohl nicht irgend etwas, worin ich den Hahn transportieren kann, Signor Bellini?«

»Klar, aber das kostet dich noch eine Flasche. Hier, nimm, ehe ich es mir anders überlege!« Mit einem bösen Lachen, das ganz tief aus seinem massigen Bauch zu dringen schien, warf er Marcello den Hahn fast in die Arme, so daß dieser Mühe hatte, Hals und Beine des wütenden Vogels in den Griff zu bekommen. So stand er da, das Tier auf Armeslänge von sich gestreckt, damit es ihm nicht das Gesicht zerkratzte, und sah mit an, wie Bellini mit gierigem Griff die Flasche packte.

»Ich bezweifle, daß du mit deinem Teil so viel Freude haben wirst wie ich mit meinem!« sagte der Metzger mit einem schiefen Lächeln, winkte ihm noch einmal mit der Flasche zu und verschwand dann im Haus. Marcello ließ er einfach draußen stehen.

Das scheppernde Zuknallen der Tür riß Marcello aus seiner Erstarrung. Der Hahn krähte wenigstens nicht, schlug aber weiterhin so heftig mit den Flügeln, daß es Federn regnete. Marcello rannte los, sorgsam darauf achtend, daß man ihn von der Gamboccini-Villa her nicht sehen konnte. Er mußte irgend etwas finden, wohinein er das wütende Tier stopfen konnte, sonst würde es eine Katastrophe geben. Ohne eine Vorstellung davon zu haben, wonach er suchte, blickte er sich verzweifelt nach etwas Brauchbarem um. Mittlerweile war er bereits fast beim Hafen angelangt, als ihm endlich die Erleuchtung kam.

An der Mauer der kleinen Halle, in der die Fische verkauft wurden, standen stapelweise die alte Holzkisten, in denen die Fischer ihren frischen Fang auf gehacktem Eis zu lagern pflegten. Es gab sogar massive hölzerne Deckel, die verhindern sollten, daß die Unterlage aus Eis zu schnell schmolz. Schnell warf Marcello den Hahn in eine dieser Kisten, doch nicht schnell genug. Den Augenblick, während dessen er das immer noch rasende Tier lediglich mit einer Hand an den Beinen festhalten konnte, da er die andere für den Kistendeckel brauchte, nutzte der Vogel, um ihm mit dem Schnabel in die Hand zu picken. Marcello fluchte und zog die blutende Hand zurück. Wenigstens hatte er das Vieh nun in der Kiste, er mußte sie nur noch sichern.

Noch einmal blickte er sich suchend um. Das Tauende, das er zunächst erblickte, war viel zu dick. Aber der Rest von dem alten, zerfetzten Fischernetz gleich daneben könnte er gebrauchen. Abreißen konnte er nichts, also nahm er gleich alles und schlang es so oft um die Kiste, daß ein unförmiges Paket daraus entstand. Schön sah es nicht aus, aber es erfüllte seinen Zweck, stellte Marcello einigermaßen zufrieden fest. Ohne eine weitere Minute zu verlieren, eilte er zurück zur Villa der Gamboccinis.

Das Geschenk

Zu Marcellos Überraschung und Erleichterung stand doch noch ein halbes Dutzend junger Männer vor der Tür der Gamboccinis und wartete, daß sie an die Reihe kamen. Sie wirkten in ihren neuen Sachen und ihrer ungeduldigen Ernsthaftigkeit auf ihn wie die letzten am Sarg bei einer großen Beerdigung, während all die anderen, die sich bereits von dem Verblichenen verabschiedet hatten, bereits ungeniert voller Vorfreude auf den Leichenschmaus durcheinanderredeten.

Marcello hoffte, daß dieser Vergleich, der ihm so unwillkürlich gekommen war, kein schlechtes Omen bedeutete. Mit der Ernsthaftigkeit seiner Konkurrenten war es ohnehin in dem Augenblick vorbei, als sich der erste von ihnen nach ihm umgedreht hatte und seinen Nachbarn in die Rippen stieß. Einer nach dem anderen wandten sich auch die anderen um, und nach einem kurzen Moment ungläubigen Staunens begannen sie allesamt schallend zu lachen. Einen Augenblick später kamen auch die herbei, die schon ihren Auftritt im Haus gehabt hatten, und bald war Marcello von einer Schar kichernder oder aus vollem Halse lachender junger Männer umringt.

Erst als er zufällig in einer blanken Scheibe sein Spiegelbild erblickte, wurde ihm klar, was sie alle dermaßen erheiterte. Er konnte es ihnen nicht einmal verdenken. Sein Äußeres war ein Desaster; seine Kleidung sah aus, als hätte er sie aus einer alten Tonne gefischt, so verdreckt und verschwitzt war sie. Sein ohnehin widerspenstiges Haar stand in alle Himmelsrichtungen, seine linke Hand blutete, und unter dem Arm trug er ein Geburtstagspaket, das nicht nur seltsam anzuschauen war, sondern auch noch intensiv nach Fisch roch.

Eben hatte er den fruchtlosen Versuch aufgegeben, sein Haar mit der freien Hand zumindest etwas zu bändigen, als er seinen Namen hörte.

»Cello! Komm schnell her! Cello!« Er blickte sich um, und zu seiner Überraschung stand an der abgewandten Hausecke, wo keiner der anderen wartete, sein Vater. Er sah so adrett aus, daß Marcello für einen Augenblick der absurde Gedanke kam, er wolle sich auch um das Rendezvous mit Elena bewerben. Auch wenn das nicht sein konnte – was wollte sein Vater ausgerechnet hier? Marcello versuchte, sein eindringliches Winken zu ignorieren, doch als sein Vater laut rief: »*Bello!* Du kommst jetzt sofort hierher!«, ging er ergeben zu Francesco Romero hinüber. Er blickte noch einmal zu den Wartenden zurück, es waren nur noch vier, da zog ihn sein Vater einfach um die Hausecke.

»Papa, das ist wirklich nicht der Moment, um …« Doch dann verschlug es ihm die Sprache. Stumm lächelnd hielt sein Vater ihm ein frisch gebügeltes Hemd hin, eine gute Hose und sogar die ordentlich geputzten Sonntagsschuhe. Marcello fühlte sich wie ein kleiner

Junge, der nach einem großen Abenteuer nach Hause zurückkehrte, wo ihn sein Vater erwartete und in die sicheren Arme schloß.

Doch für Umarmungen blieb keine Zeit, das große Abenteuer lag noch vor ihm. Ohne ein Wort zu sagen, nahm Francesco Romero seinem Sohn das Paket ab, der sich der schmutzigen Sachen entledigte und einzeln die frischen von seinem Vater entgegennahm. Noch nie hatte er sich so schnell umgezogen, und als er den letzten Knopf geschlossen hatte, zog sein Vater aus der Hosentasche die Haarbürste von Marcellos Mutter, die er immer wie eine Reliquie gehütet hatte.

»Dann ist sie wenigstens zu etwas nutze«, meinte sein Vater mit einem Augenzwinkern, und als Marcello endlich fertig war, tupfte Francesco ihm die blutende Hand mit einem sauberen Taschentuch ab, faßte ihn dann bei beiden Schultern, schaute ihn voller Stolz an und sagte: »Jetzt gehst du da hinunter und zeigst diesen Jungen, was ein Mann ist!« Damit schob er ihn in Richtung Eingang.

Marcello war so überwältigt, daß er sich noch einmal umwandte und anfing: »Papa, ich wollte mich …«

»Wir haben keine Zeit für alte Geschichten, du mußt jetzt eine neue schreiben. Cello, ich bin stolz auf dich!« Liebevoll fuhr Francesco Romero seinem Sohn mit der Hand über den Kopf. Als er merkte, was er mit dem frisch gekämmten Haar anrichtete, strich er es schnell wieder glatt, drückte Marcello das beinahe vergessene Paket in die Hand und sagte: »*Auguri*, Cello, *tanti auguri!*«

Mit diesen guten Wünschen ausgestattet, erreichte Marcello das Ende der Schlange gerade in dem Augenblick, als der letzte Prätendent vor ihm hereingebeten wurde.

Unten auf der Hafenmauer saßen immer noch Riccardo und Paolo, ließen die Beine baumeln und sahen Tito zutiefst gelangweilt bei seinem einsamen Spiel zu. Riccardo überlegte ernsthaft, ob er nicht einfach zum Haus der Gamboccinis gehen sollte, um herauszufinden, wie die Dinge standen, da bogen von der Hauptstraße her drei wunderhübsche Mädchen in den Weg zum Hafen ein. Riccardo kannte sie vom Sehen, sie gingen in dieselbe Schule wie Elena und seine Schwester, aber in eine andere Klasse. Sie waren schon beeindruckend, wenn man sie einzeln auf dem Weg zur Schule in ihren strengen Uniformen sah, aber nun, alle drei eingehakt und in luftigen Sommerkleidern … Sie kamen ihm wie eine Erscheinung vor, und mit offenem Mund, ohne ein Wort herauszubringen, stieß er Paolo in die Rippen und wies auf die drei Grazien, die immer näher schritten.

Verblüfft schaute auch Tito hoch, und schon war er so abgelenkt, daß er zum zweiten Mal an diesem denkwürdigen Tag seinen Ball fallen ließ. Unbeirrt spazierten die drei auf sie zu, mit hoch erhobenen Köpfen, als sähen sie die Freunde gar nicht, aber an der Art, wie sie sich bewegten, erkannte man sogleich, daß sie sich ihrer Wirkung vollkommen bewußt waren. Sie gingen zwischen Riccardo und Paolo auf der Hafenseite und Tito auf der Straße hindurch, dann blieben sie stehen, machten so elegant kehrt, als hätten sie das Manöver für eine Revue einstudiert, und die bezaubernde Rothaarige in der Mitte sagte mit einer Stimme, wie sie sonst nur die Radiosprecherinnen hatten: »Na, Paolo, du bist also nicht wie all die anderen bei den Gamboccinis, um Elena den Hof zu machen? Ich bin beeindruckt!«

»Ja. Ich meine, nein, natürlich nicht. Marcello ...« Da stieß Riccardo ihm den Ellbogen in die Rippen, und Paolo verstummte, ehe er noch mehr Unfug erzählen konnte. Dafür sprachen seine Augen Bände, mit denen er diesen rothaarigen Engel verschlang.

Der Auftritt der drei Erscheinungen war noch nicht zu Ende. Die zweite Freundin wandte sich an Riccardo. Sie blies eine Strähne ihrer brünetten Mähne aus dem Gesicht, dann sagte sie: »Ich habe gehört, du bist gestern von einem Motorrad mitgeschleift worden, Riccardo. Vielleicht sollte ich mir einmal ansehen, ob du dich dabei nicht verletzt hast ...«

Riccardo konnte nur stumm nicken. Irgend jemand hatte ihm einmal erzählt, daß die Mädchen den Jungen Lichtjahre voraus seien. Plötzlich begriff er, was damit gemeint gewesen war.

Die dritte, eine sportlich aussehende Schönheit mit kurzen schwarzen Haaren, löste sich von ihrer rothaarigen Freundin, lief zu der Stelle, wohin Titos Ball gerollt war, und hob ihn auf. Dabei beugte sie sich so hinab, daß ihr ziemlich kurzes Sommerkleidchen ein gutes Stück ihrer braungebrannten Beine sehen ließ. Dann drehte sie sich zu Tito um, zwinkerte ihm zu und warf ihm den Ball mit aller Kraft zu. Tito machte keinerlei Anstalten, ihn zu fangen, und so traf ihn der harte, amerikanische Baseball mit voller Wucht in die Magengrube. Fast wäre er eingeknickt, doch er ließ sich nichts anmerken und schaute nur auf seinen Bauch, dann hinüber zu dem Mädchen. Sie klopfte sich den Staub von den Fingern, lächelte ihm noch einmal zu, hakte sich dann wieder bei ihrer Freundin unter, und schon schlenderten die drei zurück in Richtung Camogli, als wäre nichts geschehen.

Buchstäblich mit offenen Mündern starrten Riccardo, Paolo und Tito ihnen hinterher, ohne sich zu rühren. Tito war der erste, der die Sprache wiederfand.

»Habt ihr mitbekommen, was die für eine Kraft im Wurfarm hat?« Bewundernd rieb er sich den Magen, der noch immer schmerzte.

Riccardo und Paolo nickten stumm, ohne die Augen von den Mädchen zu wenden, deren Kehrseiten sich beim Gehen so aufreizend bewegten. Plötzlich drehte sich die Brünette noch einmal um und lächelte Riccardo an. Das riß ihn endlich aus seiner Trance.

»Paolo, Tito ... Was, zum Teufel, ist los mit uns? Brauchen wir die Einladung noch schriftlich? Los, hinterher!« Und mit dem gleichen verklärten Lächeln im Gesicht liefen die drei los.

Der große Flur der Gamboccini-Villa erinnerte Marcello an das Haus der Schwestern Calonne, nur daß er von Leben und von Licht erfüllt war. In der Mitte des spiegelblanken Marmorfußbodens lag ein großer Perserteppich, allerdings ohne Pfauen und Blumen und in einem ganz anderen Farbton als der bei den Schwestern. Auch die alten Familienportraits in schweren, goldenen Rahmen gab es. Auf einem großen Refektoriumstisch stapelten sich die Geschenke, allesamt überstrahlt von der riesigen Prachtvase Armonds, die den Ehrenplatz in der Mitte einnahm. Armond war auch der einzige von Marcellos Vorgängern, der noch im Raum war. In gekünstelter Bescheidenheit stand er neben dem Treppenaufgang zum Obergeschoß. Als er Marcello mit seinem seltsamen Paket eintreten sah, wirkte er für einen kurzen Moment verunsichert, dann gewann sein altes, überhebliches Lächeln wieder die Oberhand.

Vor dem Tisch mit den Geschenken hatte sich Signor Gamboccini postiert. Neben dem Tisch, einige Meter von ihrem Gatten entfernt, stand Signora Gamboccini und sorgte dafür, daß die Geschenke ordentlich arrangiert wurden und das Verpackungsmaterial weggeschafft wurde. Elena war nirgends zu sehen. Ihr Vater blickte nun Marcello an, ohne eine Reaktion zu zeigen, dann sah er auf das unförmige Etwas in seinen Händen, das offensichtlich Marcellos Geschenk darstellen sollte. Sein Gesicht rötete sich zusehends, und die Adern an seinen Schläfen schwollen alarmierend an. Dann brach es aus ihm heraus: »Was, um Herrgotts willen, erlaubst du dir?«

Marcello sah aus den Augenwinkeln, wie Armonds Grinsen immer siegesgewisser wurde, während sich Signor Gamboccini Unterstützung heischend nach seiner Frau umsah. Sie legte bittend die Fingerspitzen aneinander und sah ihn flehend an; diesen einen, besonderen Tag sollte er seiner Tochter nicht mit einem seiner Zornesausbrüche verderben. Doch es war zu spät.

»Du kommst am Ehrentag meiner Tochter in mein Haus, und was bringst du uns? Das da!« Anklagend wies Signor Gamboccini auf das häßliche Paket in den Händen

Marcellos. »Ist das vielleicht deine Vorstellung von einem Scherz? Wieso erweist du uns keinen Respekt? Haben wir dir etwas getan?« Er redete sich immer mehr in Rage, und als Marcello statt einer Antwort begann, das völlig verworrene Stück Fischernetz abzuwickeln, war für ihn kein Halten mehr.

»Du bringst Schande über dich und über deine Familie, und du beleidigst die Gastfreundschaft meines Hauses!«

Endlich hatte Marcello das Netzwerk entwirrt, hob den Deckel von der Kiste, griff ohne Zögern hinein, erwischte den Hahn bei den Füßen und zog ihn heraus. Ob es tatsächlich der Anblick seines alten Gegners war oder ob er einfach froh war, seinem engen Gefängnis entronnen zu sein – anstatt nach Marcello zu hacken, begann der Hahn gellend zu krähen.

Das Gesicht von Signor Gamboccini, der eben noch ausgesehen hatte, als sei jeden Moment mit einem schweren Herzinfarkt zu rechnen, verklärte sich zu einem breiten, verstehenden Lächeln. Verblüfft sah seine Frau mit an, wie er den Romero-Jungen umarmte, ohne auf den aufgeregt flatternden Hahn zu achten.

»Mein lieber Junge, was habe ich dir unrecht getan. Ich hoffe, du kannst mir noch einmal verzeihen.« Dann griff er beherzt nach dem Tier, und wie mit einem ungeheuer kostbaren Schatz verschwand er mit dem Vogel, der in seinen Händen zur allseitigen Überraschung sofort ruhig geworden war, nach draußen.

Es mußte nichts mehr gesagt werden, sogar Armond begriff, wie Signor Gamboccinis Entscheidung ausgefallen war.

Das Café

Die Sonne stand bereits ziemlich tief am Horizont, als Marcello und Elena aus dem Haus der Gamboccinis traten. Sie hatte sich bei ihm untergehakt, und doch sahen die beiden recht förmlich aus, nicht wie ein vertrautes Liebespaar. Eher fühlte man sich an ein junges Königspaar erinnert, das noch etwas steif den ersten gemeinsamen öffentlichen Auftritt absolvierte. Elena sah wirklich königlich aus, mit dem offenen, glänzenden Haar, das schwerer, schwarzer Seide glich, und dem raffiniert schlichten schwarzen Kleid, das sie mit jedem Schritt umschmeichelte.

Marcello hatte noch kein Wort allein mit ihr sprechen können, und er wußte nicht, ob ihr glückliches Lächeln ihn mit einschloß oder allein dem Ehrentag galt und der bewundernden Aufmerksamkeit, die man ihnen auf Schritt und Tritt zollte. Trotz seiner Unsicherheit war er selbst so glücklich, daß er zu schweben glaubte. Er hatte es geschafft, er schritt mit dem Mädchen seiner Träume am Arm durch ein Spalier von einigen neidischen und ganz vielen wohlwollenden Zuschauern. Er hatte das Gefühl, daß mehr Menschen auf der Straße waren als bei der Osterprozession. Fast fühlte er sich versucht, königlich-huldvoll den Spalier stehenden Dorfbewohnern zuzuwinken, nicht aus Überheblichkeit, sondern weil er sich wirklich wie ein König fühlte. Wenn er einen Augenblick seines Lebens hätte festhalten können, dann wäre es dieser gewesen ...

Einige der Jungen, die vorher seine Rivalen gewesen waren, standen mit auf der Straße. Sie hatten meist die Arme verschränkt, als ließe sie das, was sie ohnehin nicht verstanden, völlig kalt. Wie hatte dieser Fischerjunge das nur gemacht? Bei allem Respekt, diesen Armond hatte er sauber ausgestochen. Irgendwie hatte er das für sie alle getan, das spürten sie, und deswegen gab es nicht einen unter ihnen, der nicht fast unmerklich anerkennend genickt hätte, als Marcello mit Elena an ihm vorüberkam.

An der ersten Kreuzung im Dorf stand Signora Talocci und mußte sich verstohlen eine Freudenträne aus den Augen wischen, als sie die beiden erblickte, die so gut zueinander zu passen schienen. Die Signora konnte nicht sehen, daß auf der anderen Straßenseite Francesco Romero stand, von den Menschen vor ihm etwas verdeckt, und mit stummem Stolz seinen Sohn betrachtete. Ja, nun verstand er vollends, was Marcello gemeint hatte. Er war froh, daß er nicht zu spät begriffen hatte.

Je näher Marcello und Elena dem Zentrum des Ortes kamen, desto mehr Menschen säumten die Hauptstraße. Darunter waren etliche, die Marcello bereits während seiner irrwitzigen, rasenden Tauschaktion aufgesucht hatte. Sie winkten ihm besonders enthusiastisch zu, denn sie fühlten sich als Teil von etwas, dessen Größe sie lediglich erahnen konnten.

Dazu gehörten die Schwestern Calonne, die vor freudiger Erregung in die Hände klatschten, Marcello Kußhände zuwarfen und sich dann glücklich aneinanderschmiegten.

Elena warf ihm, während sie langsam dahin schritten, einen verstohlenen Seitenblick zu. Was hatte es mit diesem Jungen auf sich, daß ihn das ganze Dorf zu mögen schien? Sie wurde von ihren Gedanken abgelenkt, als Marcello plötzlich stehenblieb. Sie hatten soeben den Dorfplatz passiert, und vom Brunnen her winkten ihnen Riccardo, Paolo und Tito zu. Jeder von ihnen hatte ein hübsches Mädchen am Arm, und es wirkte, als seien sie schon sehr vertraut miteinander. Riccardo machte eine Gebärde, als wollte er sagen: »Du bist nicht der einzige, der heute sein Glück gemacht hat!«, und Marcello verbeugte sich anerkennend. Ein Lächeln lag auf seinem Gesicht.

Sobald die beiden vorbeigegangen waren, denen das Interesse des ganzen Dorfes galt, begann die Menge sich wieder zu zerstreuen, wie nach einem Karnevalszug, der vorübergezogen war. Signora Talocci war unterwegs in Richtung Hafen, Marcellos Schulbuch nervös in der Hand schwenkend, als sie auf der anderen Straßenseite die Schwestern Calonne entdeckte, die Arm in Arm auf dem Heimweg waren. Kurz entschlossen lief sie zu ihnen hinüber und sprach sie an: »Hallo, Rosetta, Leonora … Haben Sie einen Moment?«

Die beiden alten Damen wandten sich um, und mit einem ehrlich erfreuten Lächeln erwiderte Leonora: »Oh, Signora Talocci, wie nett, Sie zu treffen!«

»Danke, Sie sind zu liebenswürdig.« Signora Talocci sah um Jahre jünger aus als noch am Vortag, fast glich sie einem Schulmädchen, wie sie da stand, mit leicht geröteten Wangen, und versuchte, sich ein Herz zu fassen. »Nun, also, ich glaube, ich muß mich bei Ihnen beiden für mein unmögliches Verhalten entschuldigen.«

»Aber keineswegs, mein Kind. Dafür gibt es keinen Grund, nicht wahr, Rosetta?« sagte Leonora, und ihr Lächeln wurde noch wärmer.

»Ich glaube, ich hätte das schon längst tun müssen«, meinte Signora Talocci unbeirrt. »Ich bin Ihnen gegenüber sehr ungerecht gewesen. Das tut mir leid. Nach dem Tod meines Mannes war ich überhaupt nicht mehr ich selbst. Dennoch hätte ich nie derart unsinnige, ungehörige Dinge sagen dürfen.«

»Meine Liebe«, erklärte Leonora bestimmt, »vergessen Sie das. Wir beide wissen sehr genau, was es heißt, einen geliebten Menschen zu verlieren, nicht wahr, Rosetta?«

Die Schwester an ihrem Arm nickte bekräftigend. »Es gibt Momente im Leben, da braucht man einfach jemanden, um ihn für die Ungerechtigkeit des Schicksals verantwortlich zu machen, weil man hofft, so einen Teil des Schmerzes in eine andere Richtung lenken zu können. Glauben Sie mir, wir verstehen das. Vergeben und vergessen.«

Plötzlich hellte sich Rosettas Gesicht auf, ihr war ein verlockender Gedanke gekommen: »Wie wäre es mit einer Tasse Tee? Wir sind gerade auf dem Weg nach Hause. Wollen Sie uns nicht begleiten? Es war so ein aufregender Tag!«

»Haben Sie ganz herzlichen Dank, ich würde wirklich sehr gerne mitkommen.« Signora Talocci hielt Marcellos Schulbuch fest umklammert. »Aber ich muß noch etwas ganz Dringendes erledigen. Darf ich morgen kommen?«

»Mit dem größten Vergnügen, meine Liebe«, antwortete Leonora entzückt. »Wann immer Sie mögen. Bis morgen also. Wir freuen uns über jeden Besuch, nicht wahr, Rosetta?«

Ihre Schwester nickte lebhaft, und vergnügt wandten sich die beiden zum Gehen. Aufgeregt tuschelten sie miteinander:

»Hast du gesehen, wie sorgfältig sie sich zurechtgemacht hat? Sieht sie nicht reizend aus? Ach, was für ein wunderschöner Tag!«

Signora Talocci winkte ihnen noch einmal hinterher, dann seufzte sie erleichtert auf, als sei ihr eine alte Last von der Seele genommen worden, und mit entschlossenem Schritt wandte sie sich wieder in Richtung Hafen.

Marcello und Elena betraten das *Caffè Il Porto*. Feierlich führte sie der Kellner zu einem reservierten Tisch auf der Veranda, von dem man einen unvergleichlichen Blick über die gesamte Bucht hatte. Er schob Elena mit vollendeter Grazie den Stuhl heran, als sie sich setzte, und beseitigte mit gekonntem Serviettenschwung einige imaginäre Krümel von der tadellosen weißen Tischdecke. Dann nahm er das »Reserviert«-Schild vom Tisch, deutete eine Verbeugung an und entfernte sich.

Schweigend saßen die beiden nebeneinander, aber es war kein unbehagliches Schweigen. Marcello wußte immer noch nicht, was Elena von ihm hielt, aber auf einmal eilte es ihm nicht mehr damit, ihr sein ganzes Herz auszuschütten. Er fühlte, daß sie zusammengehörten, und wenn sie es nicht fühlte, dann würde alles noch früh genug sehr schwer für ihn werden.

Der Sonnenuntergang war so spektakulär, daß es einem fast den Atem nahm. In das übliche Feuerorange der klaren Sommerabende mischte sich ein Tupfen Violett, fast Lila, wie Marcello ihn noch nie am Himmel gesehen hatte. Dazu die laue, leicht salzig schmeckende Abendbrise und das beruhigende rhythmische Heranspülen der Wellen, das seinen Herzschlag allmählich wieder ruhiger werden ließ.

Erst als die Sonne ganz hinter dem noch immer in Flammen stehenden Horizont versunken war, wandte sich Marcello zu Elena um. Sie hatte gar nicht zum Horizont geschaut, sondern ihn betrachtet. Er lächelte sie an, erwiderte sein Lächeln und brach das Schweigen.

»Mit deinem Geschenk hast du ins Schwarze getroffen. Wie hast du diesen schrecklichen Bellini überreden können? Und womit haben wir diese ganze Mühe verdient?«

Für einen kurzen Moment hatte Marcello das Gefühl, sie wisse mehr über ihn und das, was er die letzten beiden Tage getan hatte, als sie zugab. Ohnehin fand er es unangebracht, ihr ausgerechnet an diesem kostbaren Abend die ganze lange Geschichte in all ihren Einzelheiten zu erzählen. Er zuckte mit den Achseln und schwieg weiter, aber sein Lächeln sagte mehr über das aus, was in ihm vorging, als er selbst in seinem besten Gedicht hätte sagen können.

Elena blickte ihm in die Augen, als wolle sie ergründen, wer er wirklich war. Dann fragte sie weiter: »Und was schreibst du andauernd in dieses kleine Büchlein?«

»Wie bitte?« Marcello mußte erst wieder zurück in die Wirklichkeit finden, denn ihr Blick hatte ihn regelrecht verzaubert.

»Das Büchlein, in das du immer schreibst, wenn du unter meinem Fenster sitzt, morgens und abends. Was notierst du dir da?«

»Ach das meinst du.« Hoffentlich wurde er nicht plötzlich rot. Er fühlte sich ertappt, fast wie ein kleiner Junge, den man mit den Fingern im Kuchenteig erwischt hatte. »Nichts Wichtiges, nur was mir so durch den Kopf geht.«

»Und was geht dir durch den Kopf?« wollte sie wissen, und es war Marcello, als verriete ihr Blick wirkliches Interesse.

»Also, wie soll ich das sagen. Dinge eben, die mir in den Sinn kommen. Ein paar Reime, so etwas wie … wie Gedichte. Meine Freunde halten mich für einen ziemlichen Träumer.« Er lachte verlegen auf, und bestimmt war er doch rot geworden.

Elena blickte ihn forschend an. Dann sagte sie: »Tatsächlich? Sind das die Jungen, an denen wir eben bei der Piazza vorbeigekommen sind? Die machten eigentlich einen richtig netten Eindruck.«

»Ja, das sind sie auch. Es sind wirkliche Freunde.«

»Ich wette, sie wollen dich nur aufziehen. Meine Freundinnen sind genauso.«

»Wirklich? Ich habe dich eigentlich noch nie mit irgendwelchen … ich meine, ich wollte natürlich nicht sagen …« Marcello brach ab, ehe er richtig zu stottern anfing.

»Ich weiß, was du meinst«, sagte Elena lächelnd. »Mein Vater ist wirklich ziemlich streng, wenn es darum geht, mit Freundinnen etwas zu unternehmen. Daher sind das meistens Freundschaften aus der Schule. Ich glaube, Papa macht sich Sorgen, ich könnte in schlechte Gesellschaft geraten.«

Wie aus dem Nichts erschien der Kellner mit einem kleinen silbernen Tablett, auf dem zwei Gläser Wasser standen. Stumm stellte er sie vor die beiden und hielt dann Elena eine Speisekarte hin.

»Signora?«

Sie sah ihn freundlich an, wehrte mit der Hand ab und sagte: »Danke, ich bin nicht hungrig. Aber ich hätte gerne einen Espresso.« Dann blickte sie zu Marcello, der sich fragte, ob sie nur seinen mageren Geldbeutel schonen wollte, und schließlich zum Kellner sagte: »Ja, für mich auch, bitte. Vielen Dank!«

»Sehr gern.« Der Kellner machte eine korrekte Verbeugung, klemmte sich die Speisekarten unter den Arm und zwinkerte Marcello kaum merklich zu, bevor er sich wieder entfernte.

Elena blickte über das Meer, wo sich soeben ein tiefstehender, riesiger bleicher Mond über den letzten orangefarbenen Schleier der Abenddämmerung erhob. Dann nahm sie die Unterhaltung wieder auf.

»Es tut mir leid wegen meines Vaters. Er neigt dazu, schon mal aus der Haut zu fahren, aber er meint es gar nicht so.«

»Ich glaube, ich wäre genauso, wenn ich eine so schöne Tochter ...« Marcello hätte sich ohrfeigen mögen. Konnte er sich denn nur blamieren? Er nahm schnell einen Schluck Wasser, um die peinliche Situation zu überspielen.

Da spürte er auf einmal, wie Elena seine andere Hand zwischen ihre nahm, sie sanft drückte und ganz leise sagte: »Danke, das war sehr lieb.«

Dieser Moment hätte ewig dauern sollen, doch da tauchte der Kellner mit zwei kleinen Tassen voll schaumigem Espresso auf.

»Signora ... Signore ...«

Er stellte die Tassen und eine silberne Zuckerdose vor sie, verbeugte sich erneut und zog sich betont dezent zurück. Elena hatte die ganze Zeit Marcellos Hand festgehalten, und noch immer machte sie keine Anstalten, nach ihrem Kaffee zu greifen. Statt dessen sah sie Marcello offen in die Augen, lächelte und sagte: »Marcello Romero, jetzt würde ich gerne ein Gedicht von dir hören.«

In diesem Augenblick nahm Marcello am Rand seines Gesichtsfeldes eine unbestimmte, störende Bewegung wahr. Er blickte irritiert nach links, wo im Rücken von Elena vor dem Geländer der Veranda Tontöpfe mit kleinen, akkurat gleich gewachsenen Zypressen standen. Zwischen ihnen tauchte kurz Armonds wütendes Gesicht auf, dann noch eine drohende Faust, mit der er Marcello an die Abmachung erinnerte.

Die Abmachung! Marcello hatte in seiner Verzaubelung vollkommen vergessen, daß es nur ein geliehenes

Glück sein konnte. Nun war der brutale Moment gekommen, wo er seine Schuld begleichen mußte.

Elena spürte, daß sich plötzlich etwas zwischen ihnen verändert hatte.

»Ist alles in Ordnung?« fragte sie besorgt.

»Ja, natürlich. Oder nein, also es ist so ...« Marcello schalt sich für seine Dummheit. Sein großartiger Plan für den wichtigsten Tag in seinem Leben hatte diesen Teil immer ausgeklammert, und er wußte nicht, was er nun tun sollte. Sein Herz raste, und in seinem Magen bildete sich ein dicker Knoten. Elena blickte ihn immer noch fragend an. Wenn er doch wenigstens noch einen Moment bleiben könnte ... Doch er wußte, daß die kurze Illusion vorbei war, und es mußte ihm schleunigst etwas einfallen, wenn er nicht wollte, daß Armond einfach zu ihnen an den Tisch kam und sein Recht einforderte. Dann würde er Elena nie mehr im Leben unter die Augen treten können.

»Ich weiß nicht, wie ich es sagen soll. Also, ich muß ... ich muß ...« Plötzlich fing er regelrecht an zu stottern.

Elena kam ihm zu Hilfe. »Ich verstehe. Dahinten ist die Toilette, glaube ich. Ich warte auf dich.« Ihr vertrauensvolles Lächeln versetzte ihm einen Stich ins Herz, aber er fand nicht die Worte, um das Mißverständnis aufzuklären. So nickte er nur, blickte sie noch einmal an, um sich ihr Bild so einzuprägen, wie sie da saß: wunderschön, zum Greifen nahe und, so kam es ihm in diesem Augenblick vor, ungeheuer verletzlich. Dann stand er auf, ging nach hinten in den Restaurantteil und riegelte sich in der engen, gekachelten Herrentoilette ein.

Kaum war die Tür hinter Marcello zugegangen, betrat

Armond das Café. An dem großen, teilweise schon blinden Spiegel mit dem goldenen Schriftzug *Espresso Nannini* blieb er kurz stehen und kontrollierte mit beifälligem Blick sein Aussehen. Mit der Zunge befeuchtete er die Finger der rechten Hand und fuhr sich noch einmal durch die Haare. Schließlich öffnete er einen weiteren Knopf seines weißen Seidenhemdes, dann zwinkerte er zufrieden seinem Spiegelbild zu und ging, ohne zu zögern, auf die Veranda. Elena blickte überrascht auf, als er an ihren Tisch trat.

»Ist dieser Platz noch frei?« fragte er mit seinem elegantesten Verführerlächeln und ließ sich, ohne auf eine Antwort zu warten, auf den Stuhl neben ihr fallen.

Marcello fühlte sich in der kahlen, unwirtlichen Kabine wie ein Tier im Käfig. Wie konnte er aus dem Café gelangen, ohne daß Elena seine Flucht mit ansah, ihn womöglich gar zur Rede stellte? Er wollte sie nicht belügen, aber solange Armond dabei war, würde er nicht die Spur einer Chance haben, ihr verständlich zu machen, warum er so hatte handeln müssen. Er blickte sich suchend um. Weit oben gab es ein kleines Lüftungsfenster, durch das er vielleicht passen mochte, wenn er denn hinaufgelangte. Wie ein Dieb würde er sich von dem Ort stehlen müssen, wo er noch wenige Minuten zuvor geglaubt hatte, der glücklichste Mensch der Welt zu sein!

Mit müden Bewegungen machte er sich daran, mit einem umgedrehten blechernen Papierkorb auf der geschlossenen Toilette einen Turm zu errichten, von dem aus er das Fenster erreichen konnte. Als er mühevoll hinaufbalanciert war, stellte er fest, daß das Fenster sich nicht öffnen ließ. Offensichtlich hatte man es unlängst gestrichen. Das Fenster klebte im Rahmen fest. Marcello drückte dagegen und wäre beinahe von seinem Podest gestürzt. Verzweifelt hämmerte er nun mit der Faust gegen den Rahmen, mühevoll um sein Gleichgewicht kämpfend, und als er schon mit schmerzender Hand aufgeben wollte, gab das Fenster endlich nach. Er drückte es ganz auf und zwängte sich hindurch. Zu seinem Glück ging es auf der Außenseite nicht so tief hinunter wie innen, da zwei große, stabile Tonnen direkt unter dem Fenster standen.

Eigentlich wollte er sofort nach Hause laufen, sich einschließen, niemanden sehen. Doch einen letzten Blick auf Elena mußte er einfach werfen ...

Vorsichtig schlich er zu der Stelle, von der aus ihn Armond eben so jäh aus seinem Traum gerissen hatte. Er sah alles ganz genau: Elena, dicht neben ihr Armond, der ein silbernes Benzinfeuerzeug aus der Brusttasche zog und sich eine Zigarette anzündete. Armond, der ganz beiläufig seinen Arm hinter Elenas Rücken gleiten ließ, während er das Feuerzeug mit der Rechten lässig wieder einsteckte.

Marcello wurde so schlecht, daß er für einen Moment glaubte, sein rebellierender Magen ließe sich gar nicht mehr beruhigen. Er wollte wegsehen, davonlaufen, aber er mußte dorthin starren und Zeuge werden, wie seine schlimmsten Alpträume übertroffen wurden.

Der Kellner brachte eine Flasche Champagner. Armond drückte die eben angerauchte Zigarrette aus, und wie ein Haifisch, der durch eine trügerisch schöne See schneidet, schob sich seine nun freie Hand zielstrebig von Elenas Knie hoch zu ihrem Oberschenkel.

Marcello konnte das grausame Schauspiel keine Sekunde länger mit ansehen. Ohne darauf zu achten, ob man ihn vielleicht entdecken würde, sprang er auf und rannte davon, irgendwohin, nur weg von diesem einen Ort. Sein Herz pochte ihm so laut in den Ohren, daß er seine eigenen Schritte nicht hören konnte. In panischer Flucht verließ er die Stätte, wo seine erste und einzige Liebe zu Grabe getragen wurde.

Der Aufsatz

Signora Talocci war beim Haus der Romeros angelangt, Marcellos Schulbuch nervös in der Hand drehend. Wie ein junges Mädchen bei ihrem ersten Rendezvous nahm sie dreimal Anlauf, ehe sie schließlich auf den Klingelknopf drückte. Schritte näherten sich im Haus, die verwitterte alte Tür ging knarrend auf, und im Rahmen stand der Mann, in den sie zu Schulzeiten einmal furchtbar verliebt gewesen war.

»Maria, hallo, wie schön, dich zu sehen!« sagte Francesco Romero mit einem offenen Lächeln, und er schien ehrlich erfreut zu sein.

»Hallo, Francesco. Ich hoffe, ich störe dich nicht!«

»Nein, bitte, komm doch herein«, meinte er und trat beiseite.

»Ich bin eigentlich nur gekommen, um Marcellos Schulbuch vorbeizubringen«, sagte sie entschuldigend, während sie zögernd in den kleinen Flur trat. »Ich weiß ja, daß du nicht gern gestört wirst, aber er hat es gestern bei mir liegen lassen, und da er doch so viel hin und her rennen mußte, habe ich ihm angeboten, es vorbeizubringen.«

»Das ist doch keine Störung. Ich bin sicher, er ist dir dankbar dafür«, meinte Francesco und schloß die Tür.

Mit einer einladenden Geste bat er Signora Talocci ins Wohnzimmer, das in dieser Vollmondnacht noch erstaunlich viel Licht von draußen bekam, denn zum ersten Mal seit langer Zeit waren die Vorhänge aufgezogen. Auf dem runden Tisch stand eine schlichte Tonvase mit Sonnenblumen, und das Zimmer war so ordentlich, als habe sich gerade eine fleißige Hausfrau darüber hergemacht.

Marcellos Vater geleitete die Besucherin zu dem Schaukelstuhl in der Kaminecke, und als sie sich gesetzt hatte, blieb er vor ihr stehen und blickte sie an. Wie hatte er all die Jahre diese meeresblauen Augen vergessen können, diesen verheißungsvollen Mund, die Kraft ihres Lachens?

Maria Talocci erwiderte den Blick. In den den tiefbraunen Augen, die von kleinen Sonnenfältchen umrahmt wurden, erkannte sie mit einem Mal den träumerischen Jungen wieder, der ihr so lange den Hof gemacht hatte.

Francesco unterbrach den innigen Moment, ehe er peinlich werden konnte: »Wie unhöflich von mir, ich habe dir gar nichts angeboten. Ich bin nicht sonderlich an Besuch gewöhnt, es tut mir leid.«

»Danke, ich möchte gar nichts. Aber ich müßte über etwas mit dir sprechen, das mir ziemlich wichtig erscheint.«

Erwartungsvoll sah er sie an.

Maria Talocci sprach weiter: »Zunächst solltest du wissen, daß ich seit dem Tod meines Mannes nichts mehr selbst geschrieben habe. Dafür lese ich ziemlich viel. Ab und zu einmal stoße ich auf ein Buch, das mich wirklich bewegt, mich inspiriert. Aber niemals habe ich etwas gelesen, das mich tiefer berührt hat als das hier.« Damit zog sie die Blätter mit dem *L'amore e la paura*-Text aus ihrer Tasche und reichte ihn Francesco. »Das ist gestern aus Marcellos Schulbuch gefallen«, fuhr sie fort. »Und obwohl es mir ein wenig peinlich ist, daß ich es einfach gelesen habe, kann ich dir nicht verhehlen, daß dies ein ganz außergewöhnlicher Text ist. Wenn dieser Aufsatz wirklich von Marcello ist, und nach dem Thema zu urteilen kann ich mir nichts anderes vorstellen, dann hat dein Sohn ein Talent, das ein Gottesgeschenk ist.«

Francesco Romero blätterte schnell durch die Seiten. Der fehlende Aufsatz! Ja, das war die Schrift seines Sohnes. Dankbar sah er Maria Talocci an. »Ich kenne jemanden, der wird hierüber unendlich froh sein. Ich danke dir, Maria!« Dann fragte er: »Bist du sicher, daß ich dir nichts zu trinken anbieten kann? Ich finde eigentlich, wir haben einen guten Grund anzustoßen.«

Dabei blickte er sie so an, daß sie nicht sicher war, ob er den Aufsatz meinte oder etwas anderes.

»Wenn das so ist, gern.« Sie hatte das Gefühl, daß sich zwischen ihnen eine Spannung aufbaute, von deren Existenz sie schon lange nichts mehr geahnt hatte. »Es wird für mich der erste Alkohol seit einer ziemlichen Weile sein.«

»Und für mich der letzte. Weißt du, ich habe eine Zeitlang geglaubt, mich auf die Weise betäuben zu müssen.« Er ging in die Küche und kam mit einer Flasche Asti Cinzano und zwei Gläsern zurück, die er beide nur zur Hälfte füllte.

»Auf Marcello!« sagte er stolz.

»Auf Marcello!« erwiderte Maria Talocci, dann stießen sie miteinander an, und beide nahmen einen vorsichtigen Schluck aus ihrem Glas.

»Wie ist es dir in der letzten Zeit ergangen? Ich habe dich schon länger nicht mehr im Dorf gesehen«, meinte er.

Zum ersten Mal hatte Maria das Gefühl, frei über das sprechen zu können, was ihr widerfahren war.

»Ich glaube, ich habe die schlimmste Zeit hinter mir. Aber es dauert schon ziemlich lange, bis der Schmerz weniger wird ...«

Francesco nickte voller Mitgefühl; auch wenn seine Geschichte anders verlaufen war als ihre, verstand er sehr genau, was sie meinte.

Maria schien einen Moment zu zögern, dann fragte sie vorsichtig: »Und wie sieht es mit dir aus?«

Er sah sie an, und sie erkannte eine Entschlossenheit in seinem Blick, die etwas Neues zu sein schien.

»Weißt du, ich glaube, Verbitterung ist eine gefährliche Haltung.« Er lächelte. »Sie frißt dich von innen auf. Ehe du dich versiehst, schaust du in den Spiegel und erblickst dort nur eine leere Hülle. Und das kann man nicht wollen.«

Voller Sympathie blickte sie ihn an. Er hielt ihrem Blick stand, und plötzlich schien ihm ein Einfall zu kommen.

»Ich glaube, wir sollten die Vergangenheit vergangen sein lassen. Was hältst du davon, wenn ich uns jetzt eine Schüssel Pasta mache, nach Fischerart? Oder hast du heute abend schon etwas vor?«

Maria zögerte einen Moment, dann schenkte sie ihm

ihr strahlendstes Lächeln. »Signor Romero, haben Sie herzlichen Dank. Es wird mir eine Ehre sein, mit Ihnen zu speisen.«

Die Villa der Cesseros wirkte im fahlen Licht des Mondes wie ein gespenstisches Schloß. Über die kiesbestreute Auffahrt torkelte Armond auf die Eingangstür zu. So leise er es vermochte, versuchte er sie aufzuschließen, aber es gelang ihm zunächst nicht einmal, den Schlüssel ins Schloß zu stecken. Erst nach erheblichen Anstrengungen ließ sich die Tür widerwillig öffnen, und Armond fiel mehr in den Flur, als daß er hineingetreten wäre.

Aus dem Arbeitszimmer seines Vaters hörte er es rufen: »Armond, bist du das?«

Doch er zog es vor, nicht zu antworten. Dann aber rannte er gegen das antike Garderobentischchen. Unmittelbar darauf ertönte es: »Komm in mein Arbeitszimmer. Sofort!« Gehorsam trottete er los. Als sein Vater, der bereits in der Tür zu seinem Zimmer wartete, ihn sah, zog er die Augenbrauen hoch.

»Hast du etwa getrunken?«

»Wer will das wissen?«

»Wer will das wissen? Dein Vater, wenn es recht ist, und zwar sofort!«

»Ist mir aber nicht recht«, erwiderte Armond mit schwerer Zunge. »Was interessiert mich mein Vater?«

»Was sagst du da?« Signor Cesseros Gesicht war puterrot angelaufen. »Du kommst auf der Stelle herein, sonst ...«

»Was sonst? Willst du mich vielleicht übers Knie legen? Ich wußte gar nicht, daß ich dir dafür wichtig genug bin.«

In diesem Moment eilte Signora Cessero die Treppe herunter. Sie hatte offensichtlich alles mit angehört und griff zaghaft ein: »Vielleicht ist das jetzt nicht der beste Moment, um ...«

»Du hältst dich da raus!« fuhr ihr Mann sie an. »Dein Sohn hat aus seinem eigenen Elternhaus Wertgegenstände entwendet!«

»Dachte ich mir's doch. Wenn man dir ans Portemonnaie geht, zeigst du wenigstens so etwas wie Gefühle!« rief Armond voller Zorn.

»Ich glaube, ich höre nicht richtig!« brüllte Signore Cessero mit hochrotem Kopf. »Es wird höchste Zeit, daß ich dir Disziplin beibringe, mein Sohn! Hast du auch nur eine Ahnung davon, was mein Vater mit mir getan hätte, wenn ich ...«

»Ihr beide, das reicht jetzt. Genug!« rief Signora Cessero im verzweifelten Bemühen, die sich abzeichnende Katastrophe doch noch zu verhindern.

»Ich habe dir doch gesagt, du sollst dich da raushalten!« schrie ihr Mann sie an.

Doch Signora Cessero hatte genug davon, sich anschreien zu lassen, genug von den vielen Jahren der Unterdrückung in diesem Haus, genug von der rücksichtslosen Grausamkeit der beiden.

»Nein, mein Herr, ich werde mich da nicht raushalten!« fauchte sie ihren Mann an. Er war genauso schockiert wie Armond. Seine Mutter wandte sich nun ihrem einzigen Sohn zu. »Du gehst auf dein Zimmer und legst dich hin. Sofort!«

Armond war zwar betrunken, doch sogar er begriff, daß

er in diesem Augenblick besser auf seine Mutter hörte. Mit großer Mühe versuchte er, die Treppe zu erklimmen. Signora Cessero wandte sich unterdessen wieder ihrem Mann zu. Mit zornblitzenden Augen rechnete sie mit ihm ab: »Ich werde das nicht länger dulden. Die respektlose Atmosphäre in diesem Haus ist unerträglich. Und übrigens: Ich weiß genau, was dein Vater in solch einer Situation getan hätte, und ich sage dir: Untersteh dich!«

»Es tut mir leid«, stammelte ihr völlig konsternierter Mann, der den Wandel noch immer nicht begreifen konnte, den seine Frau in den letzten fünf Minuten durchgemacht hatte.

»Das sollte es auch. Dieser Junge braucht niemanden, der ihn bestraft, er braucht einen Vater, der nicht glaubt, mit Geld all das ersetzen zu können, was er seinem Kind anders nicht zu geben vermag. Wenn du nicht willst, daß unser Junge endgültig so wird, wie er sich im Moment zeigt, dann kümmere dich um ihn. Was meinst du, warum er all diese Dinge anstellt? Er schreit nach deiner Aufmerksamkeit!« Damit drehte Signora Cesssero sich um, stieg die Treppe hinauf und ließ ihren Mann einfach stehen. Der Eiscremekönig war zum ersten Mal in seinem Leben absolut sprachlos.

Marcellos Rendezvous

Marcello wußte nicht, wie lange er schon ziellos durch das Dorf gestreift war. Die Häuser kamen ihm seltsam fremd und kalt vor im silbrigen Licht des riesigen Mondes, und die Schwärze des nächtlichen Meeres entsprach seinen düsteren Gedanken.

Wahrscheinlich hatte sein Vater doch recht gehabt. Wie hatte er auch hoffen können, daß ein solches Mädchen ihn einfach um seiner selbst willen lieben könnte? Natürlich hatte Armond alle Trümpfe in der Hand. Warum sollte Elena ihm also nicht nachgeben, wenn es doch all die anderen Mädchen auch taten? Was hatte er denn erwartet, daß sie statt dessen ihm nachlaufen würde? Für wen hielt er sich, für Casanova?

Wie er ausgerechnet zum Haus der Gamboccinis gekommen war, vermochte Marcello nicht zu sagen. Da er noch nicht bereit war, nach Hause zu gehen, und auch keine Ahnung hatte, wohin er sonst gehen sollte, setzte er sich einfach auf seine alte Stelle auf der Mauer gegenüber der Gamboccini-Villa, nur daß er ihr diesmal den Rücken zuwandte und statt dessen finster aufs Meer starrte.

So konnte er nicht sehen, wie der leichte Gazevorhang an Elenas offenstehendem Fenster beiseite geschoben wurde und kurz der Umriß ihres Gesichts zu erkennen war. Sie schien für einen Moment überrascht innezuhalten, dann wurden die Fensterflügel so heftig zugeworfen, daß man um die Scheiben fürchten mußte.

Marcello war derart tief in seine trüben Gedanken versunken, daß er weder diesen Knall wahrnahm noch mitbekam, wie wenige Augenblicke später die Tür der Gamboccini-Villa aufgerissen wurde und jemand mit schnellen Schritten auf ihn zueilte.

»Was glaubst du eigentlich, wer du bist?«

Marcello schreckte auf. Er fuhr herum, und da stand Elena, mit rotgeweinten Augen, und funkelte ihn an. Sie war noch genauso gekleidet wie vorhin, doch wie anders wirkte sie nun. Mit vor der Brust verschränkten Armen, als wolle sie sich gegen ihn wappnen, stand sie direkt vor ihm. So nah war sie und doch unerreichbar. Sie schien außer sich vor Wut zu sein.

Er versuchte etwas zu entgegnen, doch das brachte sie nur noch mehr in Rage.

»Wenn du glaubst, du kannst mich derart respektlos behandeln, dann irrst du dich!« herrschte sie ihn an. »Was hat er dir dafür gegeben?«

Eben noch hatte er geglaubt, es könne gar nicht schlimmer werden für ihn, und dann kam sie, die er nie wiedersehen wollte, und glaubte tatsächlich …

»Ich habe dich etwas gefragt. Was war bei der Sache für dich drin?«

Marcello versuchte, sich aus seinem Schockzustand zu lösen und sich zu verteidigen. »Es ist nicht so, wie es scheint. Ich …«

»Was soll das heißen, es ist nicht so, wie es scheint? Du hättest sehen sollen, was passiert ist! Ich kann dir versichern, es war genauso schlimm, wie es schien – dieser widerliche Kerl, der glaubte, ich würde so einfach ...« Wenn sie nicht demaßen wütend gewesen wäre, hätte Elena vermutlich aufgeschluchzt.

Marcello fühlte sich immer elender. Wie konnte er ihr nur alles erklären, ohne daß es zu schmutzig und häßlich klang? »Aber hast du denn nicht ... Ich meine, eigentlich habe ich gedacht, also ich ahnte ja nicht ...«

»Was ahntest du nicht? Wofür er dich bezahlt hat? Ich hoffe, es hat sich wenigstens gelohnt. Worin genau bestand denn dein Lohn?« So verletzt sah Elena ihn an, so grenzenlos enttäuscht, daß es Marcello einen schmerzhaften Stich versetzte. Was immer sie von ihm denken würde, ganz gleich, ob er sich um Kopf und Kragen redete – jetzt mußte alles gesagt werden. Wie konnte sie glauben, er wäre fähig, sie so schändlich zu verraten!

»Willst du wirklich wissen, worin mein Lohn bestand? In dem Weg, den ich an deiner Seite gehen durfte, von eurem Haus hinunter zum Café am Hafen. In dem Sonnenuntergang, den wir gemeinsam von der Veranda aus beobachtet haben. In den kostbaren Minuten, die wir miteinander dort am Tisch verbracht haben, den Worten, die du zu mir gesagt und den Blicken, die du mir geschenkt hast. Dafür hätte ich alles getan, und ich hätte nichts davon jemals bereut. Das einzige, was mir leid tut, ist das, was dich so verletzt hat.«

Elena schlug die Augen nieder. Dann schaute sie ihn mit einem langen, forschenden Blick an, den Marcello kaum auszuhalten vermochte und der ihn doch mit einem seltsamen Glücksgefühl erfüllte, das sich mitten in seiner Verzweiflung aufkeimte.

Mit leiser Stimme fragte sie: »Und warum bist du dann gegangen?«

»Wegen der Abmachung mit Armond.«

Bei der Erwähnung des Namens seines Rivalen zuckte Elena zusammen.

Schnell fuhr Marcello fort: »Die Abmachung, ohne die ich den Hahn für deinen Vater nicht hätte bekommen können.«

Mit großen Augen schaute Elena ihn an, blickte dann hinaus über das schwarze Meer, über das der Mond Tausende von silbrig flirrenden kleinen Schiffchen geschüttet hatte, seufzte und sah ihn erneut an. Wenn sie bis jetzt noch nicht weggelaufen war, konnte er ebenso gut die ganze Geschichte erzählen.

»Du weißt, daß ich nicht mit Geld die Art von Geschenk erkaufen kann, die deinen Vater beeindrucken würde. Die anderen Jungen aber würden versuchen, einander mit kostbaren Geschenken zu übertrumpfen, das wußte ich. Damit aber würde es für mich keine Chance geben, mit dir zusammenzusein.«

Elena lauschte seinen Worten mit gespannter Aufmerksamkeit.

»Als ich wieder einmal hier saß, wurde mir klar, daß nur der Hahn mir helfen konnte. Wie jeden Morgen trieb er deinen Vater zur Verzweiflung. Wenn ich ihm dieses Tier als Geschenk bringen würde, dann wäre alles möglich. Das Problem war nur, daß Bellini ihn mir nicht geben wollte – es sei denn, ich verschaffte ihm eine Flasche vom Elixier der Schwestern.«

An Elenas Miene konnte man nicht erkennen, ob sie ihm glaubte oder nicht. Zumindest aber hörte sie weiter aufmerksam zu.

»Ich habe sie auch wirklich dazu bewegen können, mir eine Flasche zu überlassen, aber nur, wenn ich ihnen von jemandem etwas anderes verschaffte, das ihnen ungeheuer viel bedeutete. Das wiederum war nur zu bekommen, wenn ich dafür einen weiteren Wunsch erfüllte, und das ging weiter und weiter.«

»Dann bist du deshalb mit diesem seltsamen Karren unterwegs gewesen«, stellte sie erstaunt fest und zeigte zum ersten Mal bei dieser Begegnung die Andeutung von einem Lächeln.

»Ja, und alles lief gut, bis ich zu Armond kam. Von ihm brauchte ich ein Gemälde. Wenn ich nicht diese Abmachung mit ihm getroffen hätte, wäre bei ihm die Kette gerissen.«

»Und was sollte laut dieser Abmachung passieren?« wollte Elena wissen. Nun war ihrer Stimme wieder etwas kälter geworden.

»Genau das, was dann passiert ist«, gab Marcello zur Antwort, und nun erst wurde ihm in allen Konsequenzen klar, was sich im Café abgespielt haben mußte, während er voller Selbstmitleid durch die Straßen lief. Er fühlte sich fürchterlich. »Nicht genau das, sicherlich«, fügte er hastig hinzu.

»Damit ich alles richtig verstehe: Um für meinen Vater den Hahn zu besorgen, hast du mit dem ganzen Dorf Abmachungen getroffen, am Ende sogar noch mit Armond. Dafür aber mußtest du ihm gerade das geben, um dessentwillen du den ganzen Handel überhaupt eingegangen bist. Das will mir nicht in den Kopf.« Sie stand vor ihm, malte mit den Füßen Kringel in den Straßenstaub und sah zum Mond hinauf, als könne er ihr eine befriedigende Antwort geben.

Was gibt es daran nicht zu verstehen, dachte Marcello müde und gereizt, doch dann entgegnete er kleinlaut: »Wenn ich nicht den Handel mit Armond gemacht hätte, dann wäre ich nie mit dir zusammengekommen. Und das hätte ich nicht ertragen können.« Mehr hatte er nicht zu sagen. Was nun folgen würde, konnte er nicht mehr beeinflussen.

Lange blieb er nicht im ungewissen.

»Ist der Platz noch frei?« fragte sie und deutete auf den Stein neben seinem Lieblingsplatz.

»Aber ja, ganz bestimmt, bitte ...«

»Pssst!« Er spürte ihren warmen Finger auf seinen Lippen, dann glitt sie ganz dicht neben ihn und nahm seine Hand in die Ihre.

Eine lange Weile sagten beide kein Wort, sondern schienen nur die Anwesenheit des anderen zu spüren; es war beinahe, als würde sie gegenseitig dem Pochen ihres Herzens lauschen.

Erst nach einer Ewigkeit hauchte Elena einen Kuß auf seine Hand und sagte dann mit zärtlicher Stimme: »Marcello Romero, jetzt würde ich gerne ein Gedicht von dir hören.«

Von einem Fenster im zweiten Stock der Gamboccini-Villa schaute Elenas Mutter auf das Paar hinunter, und ihr Blick wurde ganz träumerisch. Als sie sah, wie Marcello vorsichtig seinen Arm um Elena legte und ihre Tochter sich voller Vertrauen an ihn lehnte, mußte sie sich die Augen kurz mit einem Spitzentaschentuch abtupfen. Glücklich betrachtete sie die beiden weiter, als sie plötzlich hinter sich die lauten Schritte ihres Mannes vernahm.

»Wo ist unsere Tochter? Sie müßte längst im Bett sein!« Dann sah er an ihr vorbei aus dem Fenster und glaubte seinen Augen nicht zu trauen. Voller Empörung deutete er auf die beiden und rief: »Hast du das gesehen? Sofort kommt mir das Kind ins Haus!«

Seine Frau antwortete nicht, sondern machte mit ihrer Hand eine Bewegung, als verscheuche sie eine lästige Fliege. Er setzte zu einer wütenden Tirade an, doch ehe er noch einen Ton herausgebracht hatte, stieß seine Frau ihn mit dem Zeigefinger vor die Brust, so daß er erschrocken zurückwich, und zischte ihn an: »Wenn du die beiden jetzt dort nicht in Ruhe läßt, habe ich dir das letzte Mal etwas zu essen gekocht oder irgend etwas anderes für dich getan. Die beiden sind anständige junge Menschen, und sie gehören zueinander. Je eher du das begreifst, desto besser. Und jetzt wollen wir sie allein lassen.«

Damit nahm sie ihren Gatten kurz entschlossen bei der Hand und zog ihn aus dem Zimmer.

Sonntag

Wie vereinzelte rosa Blütenblätter kündigten die ersten Lichttupfer der Morgenröte den bevorstehenden Sonnenaufgang an. Es würde wieder ein wunderschöner Tag über Camogli werden, und die zaghaften Strahlen der aufgehenden Sonne würden auf ein Liebespaar fallen, das dicht aneinandergeschmiegt auf der Mauer gegenüber des Hauses der Gamboccinis saß.

Elena hatte ihren Kopf auf Marcellos Schulter gelegt, und beide schliefen ruhiger und zufriedener als im weichsten Bett. Da durchdrang auf einmal das mißklingende, gellende Krähen eines Hahnes die friedliche Morgenstille, der in seinem provisorischen, grobgezimmerten Käfig im Garten der Gamboccini-Villa auf und ab stolzierte.

Langsam nahm Elena ihren Kopf von Marcellos Schulter, und im gleichen Augenblick erwachte auch er. Sie blickten einander an, und ohne ein Wort fanden ihre Lippen zusammen, um sich in ihrem ersten Kuß zu vereinen, noch schüchtern und forschend zuerst, dann fordernd und leidenschaftlich.

Da flog mit lautem Getöse ein Fenster im ersten Stock des Nachbarhauses auf, der völlig verkaterte Bellini streckte seinen Kopf heraus, ohne die beiden zu sehen, und protestierte voller Entrüstung: »Gamboccini! Was soll das?« Vom lauten Klang der eigenen Stimme offenbar gepeinigt, preßte der Metzger beide Hände gegen die Stirn. Dann schimpfte er etwas leiser: »Dieser verdammte Vogel! Kannst du ihm nicht den Hals umdrehen? Er macht mich verrückt!«

Dann zog er sich stöhnend zurück, und sein Fenster wurde mitsamt den türkisgrünen Fensterläden überraschend sanft geschlossen.

Im Schlafzimmer der Gamboccinis war Elenas Mutter wach geworden. Sie wandte sich um und betrachtete kopfschüttelnd ihren Mann, der neben ihr lag und leise schnarchte. So ruhig hatte er schon lange nicht mehr geschlafen. Sie rollte sich zusammen und zog sich die Bettdecke über den Kopf. Vielleicht würde sie ja doch noch ein wenig Schlaf finden, vielleicht würde ihr in Zukunft das allmorgendliche Gebrülle ihres Mannes erspart bleiben. Ob allerdings die Stimme des Metzgers auf Dauer zu ertragen sein würde …

Francesco Romero, der so früh aufgestanden war wie jeden Tag, ging mit einem Blick, der neuerwachtes Interesse auf seine Umgebung verriet, durch das verschlafen daliegende Camogli zum Haus von Signor Selinas, der ein kleines Nebengebäude an der Südseite des Schulhofes bewohnte. Auf der Stufe zur Eingangstür lag eine Morgenzeitung, ein Briefkasten war nirgends zu finden.

Vorsichtig, um nur nichts zu verknicken, schob Marcellos Vater den Aufsatz unter der Tür durch. Pünktlich bekam der Direktor der Gabriele-D'Annunzio-Schule somit alles, was er für die Präsentation Marcellos für das Universitätsstipendium benötigte. Außerdem wußte Francesco Romero eines ganz genau: Ob mit oder ohne Stipendium, wenn sein Sohn studieren wollte, würde er sich nicht davon abbringen lassen. Und er würde ihn immer unterstützen.

Im Wintergarten der alten Villa von Leonora und Rosetta Calonne war die Morgenarbeit bereits getan. Die Blumen hatten wie immer zuerst ihr Wasser bekommen, und nun war Rosetta gerade mit dem Morgenkaffee fertig geworden. Beide Schwestern saßen auf ihren Lieblingsstühlen im Wintergarten, betrachteten zufrieden ihr selbstgeschaffenes Paradies und nippten an ihrem schwarzen Kaffee.

Als nach einer ganzen Weile beide Tassen leer waren, meinte Rosetta: »Ob wir uns noch einmal Marcellos Teppich ansehen?«

»O ja! Komm, laß uns gleich gehen!« Und so wanderten die beiden kleinen, alten Damen Arm in Arm in die stockdunkle Eingangshalle und betrachteten dort voller Besitzerstolz die schemenhafte Form des Teppichs, den sie für ihren Bruder unter seinem Portrait ausgelegt hatten.

Als sie später Arm in Arm zurückgingen, hatte ihr Schritt etwas Federndes, Leichtes, wie bei zwei jungen Mädchen, die nur zufällig in alte Körper geraten waren.

Die blaue Haut der Bucht von Camogli wurde von einem rassigen Motorboot aus poliertem, edlem Holz durchschnitten; der Gischtstreifen, den es hinter sich herzog, wirkte aus der Ferne wie eine weiß blutende Wunde. Signor Cessero hielt das elfenbeinfarbene Steuerrad mit der Sicherheit des geborenen Kapitäns, während Armond auf dem mit rotem Leder überzogenen Rücksitz saß und gegen seine Übelkeit ankämpfte. Um das tiefe Grollen des schweren Bootsmotors zu übertönen, rief Signor Cessero so laut er konnte: »Was für eine großartige Idee! Ich glaube, wir fahren einfach durch bis Portofino. Hast du auch solch einen Spaß wie ich? Das machen wir jetzt jedes Wochenende!«

»Ja, das machen wir« war das letzte, was Armond herausbrachte. Dann mußte er sich schnellstens über die Bordwand beugen.

Nach drei langen Jahren saß Signora Talocci heute das erste Mal wieder vor einem leeren, weißen Blatt Papier. Sie hatte es in ihre neue Schreibmaschine eingespannt, die sie voller Vorfreude betrachtete. Während sie einen tiefen Schluck von ihrem morgendlichen *caffè latte* nahm, liebkoste ihre andere Hand die Tastatur der Maschine. Nach dem aufwühlenden, langen Abend mit ihrem verlorenen und wiedergefundenen Freund Francesco Romero hätte sie eigentlich Schwierigkeiten haben müssen, sich auf das zu konzentrieren, was sie vorhatte. Aber sie wußte genau, was sie schreiben wollte. Sie beugte und spreizte noch einmal ihre Finger, ehe sie endlich etwas genau in die Mitte des jungfräulichen Blattes schrieb.

Dann holte sie das Blatt aus der Maschine und las noch einmal mit einem Lächeln, das ebenso der Geschichte galt wie der Freude an dem, was sie endlich wieder tun konnte, den Titel ihres neuen Buches:

Marcello und der Lauf der Liebe. Eine wahre Geschichte von Maria Talocci.

Ende

Danksagung

Ich möchte folgenden Menschen danken, die mir geholfen haben, diesen Roman zu vollenden und deren Enthusiasmus, deren Mithilfe und Beharrlichkeit dazu beitrug, dieser Geschichte Leben zu verleihen.

Andreas Schardt von der Kanzlei Kornmeier – Inge Golde und Britta Hansen von Ziegler Film – Herbert Gehr – Bastian Schlück, Joachim Jessen, Caroline Hartge und allen anderen von der Literarischen Agentur Thomas Schlück – Julian Friedman und allen anderen von der Blake Friedman Agency London – Oliver Schütte, Don Bohlinger, Katrin Renz und allen anderen von Masterschool.de – Suzanne Pradel von Florin Film – Reinhard Rohn, René Strien und allen anderen vom Verlag Rütten & Loening – Giles Schumm – und zuletzt, aber vor allem meiner wunderbaren Frau Susanne, ohne die dieses Buch wahrlich niemals geschrieben worden wäre.

Persönlicher Dank

Wollte ich allen Menschen danken, die mein Leben über die Jahre beeinflußt haben, wäre dazu ein eigener Roman nötig. Ich bin sicher, daß ich auf meiner Liste einige Menschen vergessen habe, die mich in meinem Leben vielleicht nur für Momente berührt, aber damit auch so – ähnlich wie bei Marcello – einen Domino-Effekt ausgelöst haben. Ihnen gilt mein ewiger Dank

Zusammen mit der Charaktereigenschaft, die ihren höchsten Ausdruck von Liebe in meinem Leben bezeichnet, möchte ich jedoch einige meiner Mitstreiter nennen – wenn ich sie so beschreiben darf. Worte reichen nicht aus, meine Dankbarkeit auszudrücken.

Susanne – für ihre Reinheit; Dad – für seine Empfindsamkeit; Mum – für ihr Mitgefühl; Stephen – für seine innere Kraft; John – Glaube; Richard – Stärke; Fiona – Achtsamkeit; Lynne – Liebe; Mike – Standfestigkeit; Mick – Glaube; Donna – Unbeschwertheit; Tim – Humor; Karin – Ehrlichkeit; Ralph – Kraft; Ben – Entschlossenheit; Stella – Verständnis; Damien – Offenheit; Steffi – Entschlossenheit; Helen – innerer Glanz; Kevin – Wärme; Kevinski – Ruhe; Leanne – heitere Gelassenheit; Milli – Humor; Joy – Ermutigung; Ole – Freundschaft; Carmen – Humor; Hazel – Nachdenklichkeit; Wes – innere Schönheit; Linda – Wärme; Ina – Kreativität; Giles – Zärtlichkeit; Britta – Freiheit; Ellen – Enthusiasmus; Art – Weisheit; Wolfie – Großzügigkeit; Carmen – Zärtlichkeit; Ruth – Vertrauen; Ulli – Jugendlichkeit; Marlies – Kraft; Florian – Ehrlichkeit; Kai – Einfachheit; Frank – Humor; Joyce – Individualität; Sally – heitere Gelassenheit; Robin – Enthusiasmus; Karolin – Jugendlichkeit; Linda C. – Geist; Manu – Einsicht; Sabine S. – Glanz; Sabine Z. – Unterstützung; Tina – Kreativität; Uwe – Ehrlichkeit; Juttchen – Energie;

Kerstin – Leidenschaft; Bobby – Großzügigkeit; Marina – Glaube; Allyson – Ehrlichkeit; die Keatings – Verbundenheit; die Kristians – Freundschaft; die Laytons – Energie; Pete – Empfindsamkeit; Andreas – Verständnis; Schrapsy – Liebe; und Gott – für all meine Sinne und eine Welt, in der ich sie gebrauchen kann.

Zuguterletzt möchte ich meinen ausdrücklichen Dank an Julia Cameron sagen, deren Buch »The Artists Way« mich inspirierte, Marcello buchstäblich Leben einzuhauchen und meines zu ändern.